最強魔王のドラゴン赤ちゃん育児戦記

saikyou maou no
dragon akachan ikuji senki

あけちともあき

目次

saikyou maou no dragon akachan ikuji senki

第1章　育児見習い大魔王

saikyou maou no
dragon akachan ikuji senki

第0話　魔王、引退を策謀する

「そこまでだ、魔王!!」


闇に包まれた大広間に、勇ましい声がこだまする。

扉を蹴破るようにして現れたのは、五人の若者だ。

大魔道士ボップ。

魔拳闘士ラァム。

戦王ファンケル。

聖騎士にしてホーリー王国第二王女ユリスティナ。

そして、魔王軍の宿敵にして伝説の勇者、ガイ。

『ほう。あの四魔将を打ち破ったというのか』

余《よ》は玉座に腰掛けたまま、招かれざる客を迎えた。

勇者たちは皆、満身創痍《まんしんそうい》。

パーティで最も美しいと言われた聖騎士ユリスティナは、いつも丹念に手入れしている金色の巻き毛もほつれ、蒼い瞳には疲れが見える。

だが、皆、その戦意に少しの衰えもない。

燃えるような瞳で、余を見つめてくる。

「最後はお前だ！　魔王ザッハトール!!」

ガイが叫ぶと、ファンケルとラァム、ユリスティナが余に向かって駆け寄って来た。

四魔将を仕留めた、勇者パーティ必勝のフォーメーションを使う気であろう。

前衛を務めるメンバーが余を足止めし、ボップとガイの最強魔法でとどめを刺す。

陳腐《ちんぷ》だが、最大の威力を発揮するであろう策だ。

悪くない。

唯一、余によってその動きも強さも、見切られている点を除けばである。

そして余は、邪悪な笑みを浮かべた。

（よし、来い来い勇者。一発大きな魔法を撃ち込んでくるのだ）

余は、勇者の攻撃を心待ちにしていた。

何しろ、魔王の座についてからおよそ千年。

あまりにも余は強すぎた。

魔界の伝統では、魔王はより強き者に代替わりするという決まりがある。誰も余を倒せないため、後継者が現れなかったのだ。

余は、魔王という立場にもう飽き飽きなのだ。

あまりに飽きたので、暇つぶしに人間の世界を侵略してみたら、危うく世界を征服するというところまで行ってしまった。

それが世に謳《うた》われる、人魔大戦の始まりだ。

ちなみに余は、めちゃくちゃびっくりした。

うわー。

余の魔王軍って超強いんじゃないか。

余は、魔王軍全てを相手にしても単身で殴り勝てるからさっぱり分からなかった。


ということで、余は一旦世界征服をやめて、人間たちの世界に間者を送り込むことにしたのだ。

間者に、魔王軍と戦う勇者が必要であると広めさせた。

伝説の勇者を探すため、仲違いする人間たちを結束させた。

どんな社会にも存在するこちらに寝返ろうとする腐った人間は、魔族に引き入れた振りをして人間たちの目の前で処刑したりする。

そのあらましはこうである。

「ま、魔王様！　そんな、これほど尽くしてきた私を!?　私は魔王様の右腕だったのでは……！」

「何を言う。余の右腕はここにある（余、自分の右手をポンポン叩く）」

「そ、そんなひどいウグワーッ（消滅）」

てなもんである。

ざっとこれを、一ダースも繰り返したか。

いや、大変だった。

それ以外でも、余は伝説の武器や防具を造らせ、人間の世界にそれとなく送り出した。

迷宮を生み出し、伝説の武具はその中にそれっぽく安置する。

ボスモンスターを配置し、迷宮の構造にも凝った。

その後、伝説の武器の伝承を言い伝えている一族という設定で、変装が上手い魔族で劇団を組織、演技の訓練を行った。

監督、脚本、演出、余。

かくして、村に住むただの少年ガイは、その才能を余に見出《みいだ》され、色々なマッチポンプの末に勇者として旅立った。

最初は期待していなかったのだが、どうやら本当に才能があったらしく、勇者は仲間を増やして快進撃を始める。

十二将軍を撃破し、十傑を倒し、八騎陣を乗り越え、六大軍王を倒した。

……幹部が多すぎるか。

だが、これには事情がある。

魔王軍も千年の月日が経つ中で、構成員が多くなりすぎていたのだ。

魔族は寿命が長いから、なかなか引退しない。

自然と、出世のためのポストを多く作って対応することになる。

四魔将よりも下の幹部は、大体が年功序列で取り立ててたから、名誉職のような者が多かった。

そして、勇者たちが最後の六大軍王を倒した時。

余の中に、一つのアイディアが生まれていた。

(勇者たちに余を倒させて、余は死んだふりしながら引退すればいいじゃん)

ナイスアイディアであった。

余は、伝説の魔法や、伝説の武器を超える神代の武器を作り上げ、やはりイベントを企画して勇者たちに手渡していった。

その過程で、余自ら新たな幹部をリクルートし、勇者パーティへぶつけて試練を演出した。

数々の戦いを経て、勇者パーティはどんどん強くなる。

やがて彼らは魔界へ到達し、魔王城へと攻め込んできたのだ。


そして、時は今。

魔王と勇者たちとの最終決戦へと戻ってくる。

「行くぞラァム！　コンビネーションだ！」

「分かったわ、ファンケル!!」

戦王ファンケルと魔拳闘士ラァム。

この二人はデキている。

余は二人の攻撃を受け止めながら、どれくらい仲が進展したのかなーと考えていた。

二人とも人生の大半を武術に注ぎ込んでいるから、とてもうぶなのだ。

早くくっつかないかと、余は遠見の水晶球の前でヤキモキしたものだ。

「二人とも、避《よ》けろ！　聖剣ジャスティカリバーを抜く‼」

ファンケルとラァムの後ろから、叫び声が響く。

ユリスティナだ。

彼女の持つジャスティカリバーは、神代の武器。余の自信作である。

そう、余が作ったの、あれ。

眩《まばゆ》い光を放ち、聖なる力を放出する刀身は、強大な魔族の鎧すら容易に切り裂く。

ちなみにユリスティナは、勇者ガイに惚れている。

だが、ガイにとってのヒロインはユリスティナの姉、ホーリー王国第一王女、ローラなのだよな。

既に失恋が決定済み。

うっ、いたたまれない。


「効いてる！　ジャスティカリバーが効いてるぞ！」

聖剣の一撃を受けると同時。

ユリスティナの恋の事情に思いを馳せた余が、いたたまれなさに顔を覆うと、勇者パーティが沸き返った。

「行くぜ、最強魔法‼　フレアブソリュート！」

ボップの叫びが響く。
若き大魔道士の手に、極大の炎と冷気の輝きが宿る。
氷炎の極限を組み合わせた最強魔法。
このバランス調整には苦労した。
余が扮した伝説の大賢者トルテザッハが、大魔道士ボップに伝授した魔法だ。
いいぞボップ、そのバランスだ。
ちなみにボップはファムに横恋慕《よこれんぼ》していたが、ファンケルに彼女を掻《か》っ攫《さら》われた。
恋の負けキャラと言えよう。
だが最近、占い師の彼女ができたらしい。
良かったな、ボップ。
余はフレアブソリュートを喰らいながら、優しく微笑んだ。
「行け、勇者ー!!」
「わかったぜ、ボップ！　うおおおー!!　ドラゴンッ……チャージ!!」
勇者ガイが、全身にドラゴンのオーラを纏って飛び上がった。
神剣ドラグーンセイバーを振りかぶりながら突っ込んでくる。
ドラゴンオーラは、なんと勇者ガイのオリジナルである。
あやつ、本当に才能があったのだなあ。
あの剣は余が作ったけどね。

余は、これまで何度も繰り返してきたシミュレーション通り、両手から邪悪な波動を放って迎え撃った。

『勇者よ、その程度の力で余に抗おうと言うのか！　これでも喰らえ！　ふぬわーっ!!』

邪悪な波動が勇者の突撃を押し返そうとする。

「ぐわあああー!!」

「くっ！　ファンケル、私の後ろに！」

「すまん、ラァム！」

聖なる闘気を纏《まと》ったラァムが、邪悪な波動に苦しむファンケルを庇う。

それを羨ましそうに見ていたユリスティナは、慌てて聖なる盾で自らを守った。

ボップは呪文を唱え、自分とガイに守りの結界を張る。

「サンキュ、ボップ！」

「いいってことよ！　行け、ガイ!!　決めろーっ!!」

来い、勇者よ!!　決めろーっ!!

勇者パーティと、余の心が一つになる。

邪悪な波動を突き抜け、ドラグーンセイバーは見事、余が纏った闇の衣を貫いた。

深々と、剣が余に突き刺さる。

あ、いや、ちょっと浅いな。

衣の内側から引っ張っておこう。

よいしょ。

これでドラグーンセイバーが、根本まで刺さった感じだ。

『グッ……グワアアアア――――!!』

余は絶叫した。

突き破られた闇の衣から、膨大な魔力が溢れ出す。

『馬鹿な、馬鹿な!! 余が、この偉大なる魔王ザッハトールが、人間などにィーッ!!』

「終わりだ、ザッハトール!! うおおおお――――!!」

剣に力が籠《こ》もる。

勇者と剣は全身から光を放ち……それは余を飲み込んでいった。

巻き起こる、大爆発。

『ぬわ――――!!』

そして、世界を脅かした恐るべき魔王、ザッハトールは打ち倒されたのである。

第1話　魔王、ドラゴンの卵を拾う

「フリーダームッッッ!!」

余は降り注ぐ太陽の下、両手を天高く掲げて叫んだ。

あの後、爆発に紛れて人間サイズまで縮小した余は、玉座の下に作った抜け道から脱出した。

長距離移動魔法もあるのだが、あれって屋内で使うと天井に頭をぶつけるんだよね。

屋外じゃないと使えない移動魔法ってどうなの。

ということで。

あらゆる義務と責任から解放された余は、千年ぶりの自由を満喫しているのだった。

鼻歌交じりで、野原を歩く。

闇の衣がいたずらな風に吹かれ、たなびく様は趣がある。

「フフッ、ちょうちょさんも元気であるな」

余はしゃがみ込み、花の蜜を吸うモンシロチョウと睨めっこした。

無論、余が本気で睨めっこすると数百年の齢を経た成竜ですら一瞬で金縛りにしてしまうので、手加減をする。

ちょうちょさんは蜜を吸った後、無邪気にひらひらと飛んでいく。
余はそれを、晴れ晴れとした気持ちで見送った。
魔王であった頃なら、ああいう美しいものは撃滅せねばならなかったからな。
職務は人を変えてしまうものである。
「ははは、待て待てー」
余はちょうちょさんを追うことにした。
足の裏に魔闘気を纏い、スッと地面から浮かび上がる。
背筋を伸ばして腕組みをした余は、滑るように地面を移動していった。
しばらく、そうやってちょうちょさんと追いかけっこをしていた時である。
「やったぞ!!　これで我が国も安泰だ!!」
「ざまあ見やがれドラゴンめ！　これからは人間の時代だぜ!!」
そんな声が聞こえてきた。
ドラゴン……？
気になる単語が聞こえたので、覗いてみることにする余。
人間がはしゃいでいるだけなら、にこやかな気持ちで見過ごしたことだろう。
だが、ドラゴンとなると気になるものだ。
余が向かった先では、野原の中央が大きく抉《えぐ》れていた。
その中央に倒れ伏しているのは、美しい瑠璃色《るりいろ》の鱗を持つドラゴンだ。

ふむ、今にも息絶える所であるな。

余は魔眼を使用し、ドラゴンの全身を観察した。

そして、かのドラゴンが病魔に蝕《むしば》まれ、本来の力を発揮できないでいることに気付く。

ドラゴンを囲んでいるのは、人間の軍隊であった。

先頭には前髪をぱっつんと切り落とした、太っちょの青年がいる。

あれは確か、ゼニゲーバ王国のムッチン王子ではないか。

かつての職務上、余は各国の王族、重鎮の情報はおさえてあるのだ。

「皆のものよくやったぞ！　これでボクチンはドラゴンスレイヤーだ！　箔《はく》がつくし、これで勇者パーティのユリスティィナ姫をお嫁さんにできるぞ！」

ムッチン王子は、甲高い声で言う。

「やりましたね若！」

「おめでとうございます若！」

「むふふ!!　お前たちはよくやったぞ！　ボクチンからボーナス出しちゃう。それに、ドラゴンを狩れば大儲けだしね！」

うおーっと盛り上がる、人間たち。

そうか、彼らは自らの欲望のために、病気になったドラゴンを襲ったのか。

勇者の出現で、人間たちも勢力を盛り返してきていた。

ドラゴンは魔族の側に属する存在故、このようなこともあるだろうな。

余はこれより命を奪われるであろうドラゴンに、祈りを捧げた。

既に魔族の神たる魔神よりも強い余である。

正直、祈る相手など存在しない。

だが、今は祈りたい気分であった。

『諸行無常なり』

「お前たち、やれえ！」

ムッチン王子の甲高い声が響いた。

人間たちの剣が、槍がドラゴンに襲いかかる。

こうなったのも、余に責任の一端があろう。

余が勇者パーティなど生み出さなければ、ドラゴンはこうして殺されなかったのだ。

だが、勇者パーティがいなければ、人間たちは余によってうっかり滅ぼされていただろう。

難しい問題である。

『どうか……どうかこの子だけは』

その時である。

余の耳に、声が聞こえた。

女の声である。

これは、あのドラゴンのものか。

見れば、ドラゴンは卵を守ろうと抱え込んでいた。

『そちらにおわすお方。纏う魔力から、強大な魔族と見受けます。わたくしはここで死ぬでしょう。人に殺されずとも、寿命が尽きようとしているのです。ですが、この子は……。生まれたばかりのこの生命だけは、どうかお救いくださいませ』

それはドラゴンの、最後の願いだった。

余は頷く。

今の余は、魔王でも何でも無い、ただのザッハトールである。

ただのザッハトールとなった余は、ドラゴンの最後の願いくらい、聞いてやっても良いと思ったのだ。

槍が、剣がドラゴンを叩く。

弱ったドラゴンに、抗《あらが》う術《すべ》はない。

それに、程なくしてドラゴンは息絶えるであろう。

「王子！　こんなところに卵がありますぜ！　ドラゴンの卵が！」

「なに!?　それは欲しい！　孵《かえ》してボクチンの乗り物にするのだ！　取ってこい！　取ってきた者には、特別ボーナスをあげちゃうぞ!!」

うわーっと盛り上がる人間の軍隊。

これはいかん。

余は腕組みをしたまま、ふわりと浮かび上がった。

魔闘気の応用である。

『待つのだ人間よ』

余の声が響き渡る。

耳にではない。

人間たちの脳内に直接語りかけている。

「う、うわああ！　頭の中に声が！」

「誰だ！　誰なんだー！」

『余だよ』

余は邪悪な波動を巻き起こし、周囲の空気を一変させながらドラゴンの上に降り立った。

「ひっ、ひいいい！　魔族！　お前たち、あれは魔族だぞ！　や、やっつけろ！」

ムッチン王子が悲鳴を上げ、余を指差す。

『人のことを指差してはいけないのだぞ？』

余は世の中のルールを説くと、ゆっくりと王子に向けて手をかざした。

王子の人差し指が、余の放った魔闘気によってぐっと握り込まれ、拳になる。

「ひいー!!　ボクチンの手が勝手に拳に!!　なんて恐ろしい力なんだ！　やれ、お前たち、やれ!!」

王子に命令され、軍隊が余に攻撃を仕掛けてきた。

弓矢である。

なんだ、魔法使いはいないのか。

人魔大戦の最中、ゼニゲーバ王国には余が融資して、魔法学院を作ってやったではないか！

それを活用しないとは何事だ。

余は少しおこになった。

『魔法以外は通じないぞよ』

余はそう言うと、あえて矢を受けた。

ただの矢では、闇の衣を貫くことはできない。

それどころか、余が纏った魔闘気に触れると、しおしおっと元気がなくなり、ぽとぽとと落ちる。

「矢が通じません！」

「王子だめです！」

「全然だめです王子！」

「だめ王子です！」

「ボクチンがだめみたいな言い方するな!?　え、ええい、お前！　何が望みだ！　言ってみろ！」

『言ってみろ？　初対面の相手にその言葉遣いかね』

「言ってみて下さい」

『グッド。では、余はそこの卵をいただこう』

「た、卵を!?　だめだ！　それはボクチンが孵して、乗り物にするのだ！　ドラゴンライダーになるのー!!」

『ふむ。……ではどうだね？　余とムッチン王子で、一対一の決闘をして、勝ったら卵をあげる』

「あっ。卵どうぞ……」

『余は物分かりがいい人間は大好きだよ』

平和的に交渉を終えた余。

ドラゴンの最後の願い通り、卵を魔闘気で拾い上げ、回収した。

ドラゴンが、感謝の眼差しを向けてくる。

気にすることはない。

『ではさらばだ、人間たちよ。余はこう見えても、人間を襲うつもりが無い優しい魔族。今日は偶然ドラゴンの卵を持っていくことになったが、別に人間に危害を加えることは無いから安心して暮らすが良い』

余は、人間たちに不安を与えぬよう、優しく脳内に囁くと、そのまま飛び去ることにした。

むっ、腕の中で卵が動いているではないか。

今にも孵りそうなのだな。

呆然と立ち尽くし、余を見送る人間の軍隊。

余の耳に、ムッチン王子のつぶやきが聞こえた。

「なんてことだ……。恐ろしい魔族がこの辺をうろついているのだ！　早く帰って、父上に教えないと！」

おかしい。

余の善意は通じていなかったらしい。

第2話　魔王、卵を持ったまま討伐部隊と戦う

落ち着いて卵を孵せる場所を探す、余なのである。
めぼしい場所が見つからずにぶらぶらしていたら、頭上を妙なものが飛んでいった。
金属製の鳥である。
あれは、ゴーレムの一種であろう。
余が横流しさせた、金属製ゴーレムの技術を用いて作られたものに違いない。
鳥は余を確認すると、すぐに戻っていった。
余を発見するのが目的だったらしい。
そしてすぐに、ムッチン殿下が追い払われたという魔族だ！」
「いたぞ！　ムッチン殿下が追い払われたという魔族だ！」
「逃がすな！　ここで仕留めるぞ！」
ん？
ムッチン王子が余を追い払っただと？
おかしい……。

余は自ら立ち去ったのだし、そもそもムッチン王子たちを見逃したのである。

それがおかしな風に歪められて伝わっている。

これはムッチン王子の仕業だな？

良かろう。

『ふはははは。よくぞ余を見つけ出したものだな、人間よ』

再び、脳内に余の声を直接届けてやる。

ふむ、軍隊の人数は千人というところか。

常備軍の少ないゼニゲーバ王国としては、かなり集めたものだな。

おや？

この軍隊の後ろに、ムッチン王子がいるではないか。

余の声を聞いて、輿《こし》に座したままガクブル震えておる。

「こいつ……脳内に直接……!?」

「くっ、強そうな魔族だぞ、みんな気をつけろ！」

「囲め、囲めー!!」

「勇者パーティが魔王を倒した後だというのに、どうしてこんな魔族が外をトコトコ歩き回ってるんだ……！」

それは余が倒されたはずの魔王だからだよ。

王子が連れてきた軍隊には、幾つかの部隊が交ざっているようで、あちこちから指示の声が飛ぶ。

矢を構えろ、撃てとか、突撃とか、魔法部隊詠唱開始とか。

ぜんぜん統制が取れてないな。

おいムッチン王子。

貴様が音頭を取らねば大変なことになるぞ。

『待つのだ貴様ら。順番だ。順番に攻めてくるのだ。同士討ちは非生産的だぞ』

余は親切心から彼らにアドバイスしてやった。

だが、悲しいかな余は魔族である。

余の言葉は、額面どおりには受け取られなかった。

「くそっ、脳内に直接、言葉で攻撃を仕掛けてきやがる！」

「騙されるな！　奴はいっぺんに攻撃されると困るからああいうことを言ってるんだ！」

「うむ。全員同時で行くぞ!!」

「矢を放てー!!」「突撃だー!!」「魔法を撃てー!!」

あーあ。

結局、どうなったかというと……。

「ぐわーっ！　味方の矢が！　味方の矢がーっ!!」

「ぎえーっ！　後ろから魔法がーっ!?」

「まさか魔族に寝返った部隊がいるだと!?　まずいぞ、退《ひ》けーっ!!」

同士討ち、同士討ち、また同士討ち。

余は卵を抱えたまま、じーっと見ているだけである。

目の前で、軍隊が勝手に壊滅していく。

「なんとおばかな者たちだ！　勝手に敗れ去ろうとするとは！　このままでは、余がまた魔王として恐れられてしまうではないか」

あまりの状況に、脳内に囁くことも忘れる。余は慌てて、軍隊の中に踏み入っていった。

倒れている者を、次々に回復魔法で癒していく。

運悪く死んでしまっている者は、復活魔法で復活させておいた。

よし。

これで同士討ちした者も、全て軽傷で済む事であろう。

「魔族がこっちに来るぞー!!」

「くそっ、この人数でも止まらんのか！」

止まる以前に貴様ら、余にたどりついてもおらぬではないか。

「王子にお伝えしろ！　ご判断を仰ぐのだ！」

ようやく、後方にいるムッチン王子に伝令が走った。

余は戦場に魔闘気を薄く張り巡らし、どこで何が行われているかを観測する。

すると、ムッチン王子は報告を受け、真っ青になっていた。

「ななな、なんだって!?　隣国にお金を払って借りた軍隊が壊滅した!?　ボクチンの株が下がる!!」

レンタルした軍隊であったか。

「こうなれば、虎の子を出すのだ！　ほれ、ボクチン直衛として雇った最強のパーティがいたであろう！　あいつらを出せ！」

「はっ！」

おや、何か出てくるようだ。

余の目の前で、軍隊は後方に下がって行き、続いて四人ばかりが進み出てきた。

彼らは、年齢が様々な男女で、それぞれ魔法の武具に身を包んでいる。

明らかに軍隊の兵士たちとは格が違うようである。

「魔王討伐にいけなかった俺たちに、まさか出番があるとはな！」

「俺たちは偽勇者一行として、勇者ガイに迷惑を掛けた身！　だが、地獄のような特訓を経て十二将軍をこの手で倒せるようになった！」

「そうよ！　私たちの力は、もう勇者一行に劣るものではないわ！」

「行くぞみんな!!」

あ、知ってる。

知ってるぞこやつら。

余が勇者ガイをプロデュースする途中で、高まりだしたガイの名声を聞き、出現した偽勇者だ。

偽勇者騒動は余が関っていない事件だったので、観客として楽しく状況の推移を見ていたものだ。

あの頃は、勇者ガイのパーティにコテンパンにやられて、反省しまーすなどと言っていたこいつらがなあ。

そうかあ。

特訓して強くなったのか貴様ら。

余はちょっとジーンと来た。人にドラマありである。

では、少し本気を出して相手をしてやるのが礼儀というものであろう。

余は魔闘気を卵に纏わせ、頭上へと浮かべた。

「あっ！　あの卵は、ボクチンがドラゴンを倒した時に手に入れたものだ！　だけどあいつが卑怯にも奪って行ったのだ！　取り返せー！」

ムッチン王子からの命令が飛ぶ。

「なんと、竜殺しのムッチン王子から卵を奪った!?」

「おかしくない？　王子たちが追っ払った魔族じゃないの？　なんで卵取られてるの？」

偽勇者一行の魔法使いから、鋭い指摘があった。

ムッチン王子は「うっ」と言葉につまり、すぐに顔を真っ赤にして怒った。

「うるさーい！　いいから、お前らはこいつを倒せー!!　ボーナスならいくらでもやるぞ!!」

「金はどうでもいいんだけどな。だが、鍛えぬいたこの腕がどこまで魔族に通じるか、試してみる価値はあるぜ!!」

まずは戦士が走ってきた。

装備がなんとなく戦王ファンケルに似てる。

「どりゃーっ！　ゴッド・スイング・インパクト!!」

振り回される魔剣。

おお！

一般人にしては速度と力が乗っているではないか。

偽勇者の仲間だった戦士が、これだけの技を身につけるには、血の滲むような特訓をしたに違いない。

余は礼儀として、この攻撃を魔闘気で弾《はじ》かず、親指と人差し指で挟み止めた。

「な、なにいっ!?」

戦士は慌てて魔剣を動かそうとするが、びくともしない。

「俺の必殺技が、二本の指で!!」

「悪くは無い攻撃であったが、あと一歩余には届かなかったな」

余は彼にそう告げると、ちょっとサービス精神を出した。

「この魔剣の性質は振り回すより、突き刺す事に向いておる。故に、突進する技を鍛えた方が良いぞ。それから、剣を使うときの腰の姿勢はこう」

余が戦士の腰をパン、と叩くと、彼の背筋がびっと伸びた。

余の指に掛かるパワーが跳ね上がる。

「おおっ!?　なんか力が入りやすくなった……！」

「貴様が行った特訓自体は悪くない……！　だが、それを活かす方向性が違う。余のアドバイスを活かせば貴様はもっと強くなるぞ！　またの挑戦を待っている」

余はそれだけ告げると、戦士の剣を指先だけで奪い取った。

そして、魔剣の柄《つか》で戦士を殴り飛ばす。

戦士は物も言わず吹き飛び、倒れ伏した。

余はそこに、遠隔回復魔法を送る。

「戦士カルノスがやられた！　ここはみんなで一度に攻めるぞ！」

偽勇者が叫ぶ。

偽魔法使いの男、偽僧侶の女と三人で力を合わせ、合体魔法を使おうと言うのだ。

「魔法使い、力を勇者に！」

「いいですとも！」

「行くぞ、極大雷撃魔法!!　ギガスパーク！」

ほう！

これは、勇者や大魔道士にしか使えぬ竜魔法や、複合魔法ではない。

だが、凡人が必死に修練を重ね、やがて辿り着いたであろう一般的には最高難易度の合体魔法なのだ。

偽勇者パーティだった者たちが、これを使えるまでに鍛え上げたか……！

いやはや。

世界には、余が認識していないだけで無数のドラマが転がっているものだ。

余は彼らにも敬意を示すことにした。

まずは、魔法を真っ向から受ける。

爆発が起こった。

風が吹く。

轟音と共に、大地が揺れる。

あまりの衝撃に、軍隊は動揺し、しかし魔法の凄まじい威力で、彼らは希望を抱いたようだ。

「なんて爆発だ！　これなら、あの魔族もひとたまりもあるまい！」

「さすが、最強のパーティだ！」

煙がもうもうと立ち込め、何も見えない。

誰もが勝利を確信したであろう。

「や……やったか!?」

偽勇者が叫ぶ。

だが、次の瞬間である。

煙を切り裂き、余が現れた。

「合体魔法にして、高難易度の上位雷撃魔法、ギガスパーク……。人の身でありながら、よくぞここに辿り着いた……。だが、余にはあと一歩及ばなかったようだな」

「なん……だと……」

普通に無傷で現れた余に、偽勇者パーティが衝撃を受け後退《あとずさ》る。

彼らの後ろの軍隊など、パニック寸前だ。

ムッチン王子は漏らした。

あーあ。

ここで余は、ムッチン王子が魔法使いを連れていなかった事を思い出す。

せっかく、人類側の戦力を充実させようと、余が謎の篤志家《とくしか》を名乗って寄付し、建てさせた魔法学院があるというのにだ。

魔法使いを連れてきていないとはどういうことだ。

「だが、あと何人か、ゼニゲーバ王国の魔法学院を卒業した優秀な魔法使いがいれば勝負は分からなかった……！　ゼニゲーバ王国の魔法学院卒業者がいなくて、余はラッキーだったということだ！」

魔法学院の有用さをアピールしておかねばな。

これだけ言っておけば、逃げ帰ったムッチン王子は、魔法学院を優遇してくれるであろう。

「そして偽勇者一行よ。雷撃魔法の先を余が見せてやろう。その目にとくと焼き付けるがいい」

余は指を打ち鳴らす。

これによって大気中の魔力に変化を与え、詠唱の代わりとする。

余の周囲の大地が、突如割れ砕けた。

地の底から、マグマが吹き出し、凄まじい量の噴煙が上がる。

噴煙は、その中から無数の火山雷を生み出した。

紫色に輝く火山雷を束ねて、偽勇者パーティの目の前に落とす。

当たらないようにギリギリのところだ。

「これぞ、究極の雷撃魔法……インフェルノ・サンダーだ」

放たれた雷撃は、大地を蒸発させた。

巻き起こる衝撃波が、地上に立つものを皆なぎ倒していく。

余は卵を回収し、衝撃波を手で払って回避した。

全てが止んだ時、地面には倒れたまま、起き上がることもできぬ人間たちの姿があった。

「むむっ」

ここで余はハッとする。

圧勝しちゃダメではないか。

ここは痛み分けの形に持っていかねば。

余が脅威として語り継がれぬようにせねばならぬのだ。

「あっ、今になってさっきの戦士の攻撃と、偽勇者たちの魔法が効いてきた……！　くう、やるな貴様ら。この勝負は預けておくぞ！」

余はちょっと棒読みでそう告げると、魔闘気を使ってその場を滑るように去っていったのだった。

よし、上手くごまかせたぞ。

第３話　魔王、ドラゴンの赤ちゃんとこんにちはする

魔闘気を纏って、低空を滑るように移動していた余。

卵が頭の上でカタコト動き出したので、余は地上に降り立つことにした。

スーッと足から軟着陸である。

魔闘気のコントロールにおいて、余は第一人者である。

故に卵にいらぬショックを与えぬよう、魔闘気によるスライド移動へとスムーズに移行できる。

とりあえず身を落ち着ける場所を探すことにした。

卵はピクピクカタコトと震え、その動きはどんどん大きくなる。

「おっ、孵《かえ》るか。今孵るか」

余はちょっとドキドキしながら、腕の中の卵を見つめる。

そして卵は、グラグラと揺れ……。

次第に振動が小さくなり、やがてピタッと収まった。

「……孵らぬのか」

孵らないらしい。

フェイントだった。

とりあえず、母竜から託された卵である。

この卵を守るというのが、しばらくの間、余の行動目的となることであろう。

再び卵を頭上に浮かべて道を行くと、滅びた村に到着した。

村には禍々しい瘴気が蔓延しており、なるほど、人間では容易に近づけまい。

「これは安全そうであるな。よし、ここを仮の宿とする」

余はそう宣言した。

村の家々を魔法で粉砕し、材木を中央へと集める。

これを魔法で補強し、即席の屋敷が完成だ。

ここで卵を孵すことにする。

余は屋敷の中に入り、卵を膝の上に乗せて座り込んだ。


そして、半年ほど過ぎた。

卵がピクピクと動き始める。

「お、孵るか、孵るか」

久々の卵が見せる躍動に、余はドキッとした。

じーっと卵を見つめる。

また、この間のように動くのを止めてしまうかもしれない。

あまりはしゃぎ過ぎてはならぬな。

だが、今回はフェイントではなかったらしい。

卵の表面に、パリパリとヒビが入る。

そして、殻を突き破って、可愛らしい鼻先が出てきた。

瑠璃色に光る、小さなドラゴンの鼻先である。

「おおー」

余は感嘆した。

生命の誕生である。

卵の状態でも生きていることは生きているのだが、殻を破って外に出てくるという事に、言いしれぬ感動を覚える。

思えば、魔王時代はこういう感覚を抱く事もなかった。

仕事は人を変えてしまうのだ。

「ピィー」

卵から出てきた鼻先が、そんな音を立てた。

鼻の音かなと思ったら、どうやらドラゴンの鳴き声らしい。

赤ちゃんらしい、可愛い鳴き声だ。

殻をパリパリと破り、赤ちゃんは姿を現す。

生まれたての肌は、鱗も柔らかく、ぷよぷよのすべすべ。

胴も手足も短く、丸っこい頭が殻を被って、きょろきょろと周りを見回すように動く。

殻を被っていては見えまい。

余がその殻を取ってやろう……。

「いや待て。待つのだザッハトール。これは、余が介助して良いものなのか？」

疑念に襲われ、手を止める余。

赤ちゃんは今、自らの力で外の世界に出てきたのではないか。

では、この殻を取ることは、大自然の掟を破ってしまうことになるのではないか？

「ぬ……ぐぬぬ!!」

余は懊悩《おうのう》した。

殻に近づけられた手が、触れようか触れまいかの葛藤にぷるぷると震える。

「ピィー、ピィー」

その間にも、赤ちゃんは周りに何があるか見ようと、一生懸命きょろきょろする。

「赤ちゃん、頭、頭。被っておるぞ……！」

余は思わず、赤ちゃんにそう囁きかけた。

言葉は通じておらぬだろう。

だが、余の心が伝わったのか。

赤ちゃんは「ピヨヨー！」と鳴くと、短い手足を一生懸命に伸ばして、頭の殻をてしてし、と叩き始めた。

「そうだ、頑張れ。頑張れ赤ちゃん……!!」

余は、手に汗握り、赤ちゃんを応援する。

やがて、赤ちゃんの頑張りが功を奏した。

脆《もろ》くなっていた卵の殻が少しずつ欠け、ついに赤ちゃんの顔が顕《あらわ》になったのだ。

つぶらな青い瞳は、まるでサファイアの如き美しさ。

それが余をじっと見つめる。

「ピヨ」

「うむ」

「ピヨヨヨヨ?」

「うむ。よくやった赤ちゃん……! そして、こんにちは……!」

「ピヨー!」

赤ちゃんは余の挨拶に応えるよう、大きく鳴くと、むぎゅっと抱きついてきた。

赤ちゃんを撫でる余。

手触りは、ぷにぷにのぷるっぷるである。

「ピヨヨ」

「うむ」

何を言っているかは分からないが、余は新たに生まれたこの生命を労《ねぎら》いたい。

これほどまでの努力をして、命は世界に生まれ落ちてくるのだな。

感動、感動である。

しばらく赤ちゃんをなでなでしていた余であるが、ハッと重大な事に気付いた。

「赤ちゃんの名前が……分からぬ!!」

母竜に聞くのを忘れていた。

しまった。

我が魔王生、一生の不覚である。

となれば、あれか。余がこの赤ちゃんに名付けねばならぬのか？

「むむむ、うーむ」

余は赤ちゃんを抱き上げた。

つぶらな瞳が、じーっと我を見つめてくる。

それが、突然潤みだした。

「ピ」

「ぴ？」

「ピャアー！　ピャアー！　ピャアー！」

「ぬわーっ!?　な、泣き出したぞ！」

焦る余。

なんだなんだ。

一体何があって泣き出したのだ!?

余の、魔界一と謳われた脳細胞が動き出す。

そして、余の頭脳は一瞬で結論を出した。

「お腹が減っている……?」

「ピャアー！　ピャアー！」

「ぬわーっ!?　そうだ、言葉が通じぬのだった!!」

ひとまず、この問題は空腹かもしれない。

そういう前提で解決策を模索しよう。

だが、よくよく考えれば、今後はこの赤ちゃんと、余が向き合って育てて行かねばならぬのではないだろうか。

まずい。

それは大いにまずいぞ。

何せ、余には育児の経験が無い。

どうするべきか……。

余は少し考えた後で結論づけた。

「育児は、育児に慣れた者に尋ねるのが最良であろう。よし、子を持つ親がいる、人間の里へ行こうではないか」

余は、ピャアピャア泣く赤ちゃんを抱っこしながら立ち上がった。

半年ぶりの起立である。

体のあちこちに降り積もっていた埃《ほこり》が、バサッと音を立てて落ちた。

さて、近隣の村を探し、育児の教えを乞わねばならぬ。

そして村へ行く道すがら、赤ちゃんのご飯を入手せねば。

これは、勇者パーティを育て上げる以上の一大ミッションになりそうな予感である。


その後、余は赤ちゃんを連れて村を出た。

しばし行くと、村の外れに小川が流れていた。

ここは瘴気に襲われてはいないようで、魚などが泳いでいる。

「赤ちゃん、魚は食べるかね」

「ピャアー」

ドラゴンの赤ちゃんは、短い手足をバタバタさせながら魚に反応する。

食べるようだ。

「ようし。それ」

余は手のひらを上にして、小川に指を向けた。

そのまま、四指で手招きするような仕草をする。

すると、放たれた魔闘気が川の水を、魚ごと掬い上げた。

宙に浮いた魚が、バタバタと跳ねる。

これを空中で活け締めするのだ。

魔闘気を使って、魚の神経を断つ。

そして背骨や小骨、体に悪い虫などを細やかに取り去り、美味しいお刺身にして赤ちゃんの口に放り込んだ。

「マウマウー」

お魚をもぐもぐして、赤ちゃんは手をばたつかせる。

満足したようである。

「お魚は美味しいか、赤ちゃん。だが、常にお魚が見つかるものでもないな。赤ちゃんのためにも、早く人里へ到着せねば……ふむ」

次々にお刺身を食べる赤ちゃんを見て、余は考える。

やはり、名前が無いと不便であるな。

この子に名前をつけてやらねばならぬ。

本来であれば母竜の仕事であろうが、既に母は亡い。

余がこの子にとっての親なのである。

「名付けをしようとすると、赤ちゃんが男の子なのか女の子なのかが重要になってくるであるな。どうなのだ？」

「ピョ」

きょとんとして余を見上げる赤ちゃん。

「失敬するぞ」

余は一言断りを入れ、赤ちゃんを魔闘気で探った。

すぐに結論が出る。

「女の子か。では、あまり勇ましい名前はよくあるまいな」

「ピャアー」

赤ちゃんが余の腕の中で、手足と羽と尻尾をばたばたさせた。

なかなかのお転婆《てんば》さんである。

ふーむ、では大人しい女の子らしい名前も違うか。

活発で、可愛らしくて、そういう名前は……。

「ふむむむ……むむむー」

余は首を傾げて考え込む。

そもそも、名前とは何か。

例えば名前には意味があるのではないか。

余の名であるザッハトールは、この世界には存在しない、菓子の名前をもじっている。

余は自らの生まれを記憶しておらず、突然魔界に立っていた。

その時、異界の文字が印刷された紙を手にしていたのだが、そこに菓子の異常に写実的な絵姿とともに、その名が載っていたのだ。

なんとなく響きがかっこよかったから、その菓子の名前を名乗ることにした。

「ふむ、ならば、赤ちゃんも菓子の名前で良かろう」

余の記憶の片隅に残る、菓子の名前。

その中で可愛らしい名前を一つ選び出す。

「ショコラータ……ショコラ……そうだ。赤ちゃん、貴様の名はショコラでどうだ？」

「ピョ？」

「貴様はこれから、ショコラだぞ！」

赤ちゃん……ショコラの脇に手を差し入れ、高らかに掲げる。

すると、ショコラはふんふんと鼻息を荒くして、手足をばたばたさせた。

「ピャピャー！」

おお、ご満悦である。

どうやら気に入ったらしい。

これより、赤ちゃんの名はショコラとする！

第4話　魔王、ベーシク村にやって来る

ショコラをあやしながら、道行くこと少し。
彼方《かなた》に、人間の村が見えてきた。
さて、このままの姿で行けば、村人に警戒されてしまうだろう。
少しは人間に近い姿に変わるとしよう。
余は、近くを流れる小川に姿を映した。
うむ、いつ見ても惚れ惚れするような禍々《まがまが》しき姿よ。
闇の兜、闇の鎧、闇の衣。
面頬《めんぽお》の奥に輝く、血の如き真っ赤な双眸《そうぼう》。
この外見だけで村をパニックに陥らせる事間違いなし。
「いかん。ショコラの世話の仕方を聞くどころではない」
余は、幻覚の魔法を使った。
そうだな。
とりあえず、勇者ガイがあと五年くらい成長した姿にでもしておこう。

余ほどの魔族ともなれば、相手の未来を覗き見る程度のことはできるのである。

余の足元から煙が巻き起こり、全身を包んでいく。

ショコラは目を丸くして余を見つめている。

そして煙が消えたあと、余の姿はすらりとした好青年に変わっていたのである。

見た目は人間のようでも、実際は闇の衣を纏った元魔王ザッハトールのままだ。

故に、余に近づきすぎると見えない鎧にコツンと当たる。

村人には注意をして欲しい。

余はショコラを抱っこしたまま、村まで歩いていった。

道すがら、ショコラにも幻覚を掛け、人間の赤ちゃんに姿を変えておく。

鱗と同じ瑠璃色のふわふわとした髪に、同じ色の瞳のもちもちお肌の赤ちゃんだ。

「頼もう」

余は村の入口で声を上げた。

「はいはい」

出てきたのは、村の門番を務める男である。

槍を持ってはいるが、鎧を着ているわけでもなく、その動きには洗練された様子が見えない。

つまり、この村は門番が戦いの備えをする必要が無い程度には平和なのだろう。

「余は旅人なのだが、困ったことがあってな。故あって村に入りたい」

「……お前さん、若いのにえらく時代がかった喋り方をするなあ。ちょっと待っててくれ。簡単な身体検査と、幾つかの質問をさせてもらうから……と、赤ちゃん連れか。長引かないようにするよ。でも、綺麗な髪と瞳の色の赤ちゃんだなあ」

門番はショコラを見て、気を遣ってくれたようだ。

ありがたい。良い男だ。

余は、門番の男に詰め所のような所へ案内された。

椅子を勧められたので、腰掛けることにした。

「ピヨー」

ショコラが、余の腕から抜け出し、テーブルの上で這い這いを始める。

「あー」

門番が声を上げた。

ショコラが書類を手に取ると、うまうまとしゃぶってしまったからだ。

書類がよだれでべとべとになる。

「済まぬな」

「いや、いいよ。赤ちゃんだもんな、仕方ないよなあ。えっと、赤ちゃんと一緒ってことは、移住希望？　最近増えてるんだよね。世の中、人魔大戦が終わって平和になったからさ。こっちに流れてくるのも増えてる。一応身元だけ聞いていいか？」

「うむ。余はあちらの村からやって来た」

嘘などつかない。

余はあの廃墟となった村で、卵を孵すために半年逗留していたのだから。

門番は余の指差した方向を見て、ハッとなった。

余とショコラを見て、彼の眉毛がハの字になる。

「そっか……。オルド村の生き残りかあ……。まだ生きてる奴がいたんだな。それも、こんな赤ちゃんまで連れて……。よし、分かった！　お前さんは、俺が責任を持ってこの村に住めるようにしてやるよ！　赤ちゃん連れて、あそこから生き延びてきた奴を、外に放り出すなんてできやしねえ!!」

「そうか！　それはありがたい」

「ピヨ、マウー」

口をよだれでべとべとにしたショコラが、余の腕の中に戻ってきた。

闇の衣を、うまうましゃぶりはじめる。

「あー、しょうがねえなあ、もう」

ショコラを見て、門番の男は相好《そうごう》を崩した。

ショコラは可愛らしいからな。

当然の反応である。

ちなみにオルド村とは、余の配下である八騎陣が一騎、『紅蓮の旗のガーディアス』が調子に乗って滅ぼしてしまった人間の村だ。

この行為により、ガーディアスは勇者ガイの怒りによる覚醒イベントを誘発し、勇者パーティの新たなる力の実験台になった。

村一つという犠牲は払われたが、ガーディアスは身を以て、勇者たちを一つ上のステージに上げたと言っていいだろう。

そうか、あそこがオルド村であったか。まさか、ここに来てガーディアスが、余とショコラの助けになるとはな……。

縁とは分からぬものだ。

「じゃあ、ここに名前書いてな。へえ、あんた、ザッハって言うのか。なんつーか、名前の一部が魔王と同じ……いやいや、すまん。気を悪くせんでくれ。で、娘さんはショコラちゃんか。可愛いなあ。将来凄いべっぴんさんになるぞ！」

「そうか？　貴様もそう思うか？　余もそう思う。むは、むはははは」

「マウー。アー」

むっ。

ショコラが余の膝をぺしぺし叩く。

これはお腹が減った合図だったはずだ。

余はごそごそとポケットを漁った。

あったあった。

道端で取ってきたバッタだ。

「今からおやつをあげるからな。いい子にするのだぞショコラ」

「マウー」

「は⁉　ちょっとちょっと待てあんた！　虫なんか子どもにあげちゃだめだろー！　ちょっと待ってろ。いや、もう仕方ねえなあ……。新人パパなんだなあ。若いもんなあ」

門番が奥に引っ込んだ。

すると、足音が増える。

「赤ちゃんに虫をあげようってバカはあんたかい？　ったくもう、バカ親だねえ！」

そう言いながら現れたのは、門番の男の五割増しほどの体格をした女だった。

縦にも横にも大きい。

「ほら、果物を潰した汁だよ！　もうお乳は飲ませなくていいんだろ？　じゃあこいつをあげな！」

「ほう。赤ちゃんにはそれを飲ませるものなのか？」

「そうさ。蜂蜜や魚、色のついた砂糖もいけないね。ナマモノはやっぱりだめさ。あんた、そんなんでよく赤ちゃんが無事だったもんだねえ」

「ふむ。ショコラが頑丈だったからかもしれん。勉強になる」

余はこの女の言葉を素直に聞くことにした。

どうやら彼女は、赤ちゃんを育てるスキルを持っているようだ。

つまり、余が求めていた人材だ。

余は果物を潰したものを受け取ると、匙《さじ》で掬《すく》ってショコラにやった。

「ピヨ！　ウママー」

ショコラは、果物の味にびっくりしていたようだが、すぐに目を細めてパクパクと食べ始める。

なるほど、反応が良い。

この女の言う事、確かだ。

是非とも欲しい人材である。

「余は、赤ん坊に詳しい者を側近に迎えようと思っているのだが、どうだ」

まずは直球で、勧誘の文句を投げかけてみた。

すると、何を勘違いしたのか、女は目を丸くして、それから赤くなったではないか。

「いや、ちょっとあんた。いきなり娘さんの前で口説いてくるなんて……」

「おいおいおい!?　待てよ兄ちゃん！　うちのかみさん口説かないでくれよ！」

「……？　それは済まなかったな」

口説く？

何のことか分からん。

だが、この女が門番の男の妻である事は分かった。

なるほど、優秀な女に、人の心を慮《おもんぱか》れる男か。

良いではないか。

「では、せめて名を聞いていいか？　余はザッハ。娘の名はショコラ。この村に住むことになるのだからな」

「おやまあ、そうなのかい。あたしはアイーダ。旦那はブラスコさ」

「よろしく頼むぜ、ザッハさん！　あんたのことは、村長に話を通しとく。どんと任せておいてくれよ！」

うむ。

村に来て早々、良い出会いを得られたようだ。

「ピャ！」

余の膝の上で、口中を果物汁だらけにしたショコラが、ご機嫌で鳴いた。

第５話　魔王、借家に住まう

オルド村からの最後の避難民ということで、余は村から家を用意された。

ガーディアスが滅ぼしたかの村からは、数えるほどの生存者しか戻ってこなかったのだとか。

だからこそ、門番のブラスコが案内してくれた村長は、余とショコラをいたわる言葉をくれ、その上で空き家を提供してくれることになったのである。

「ふむ、空き家か。随分放置されていたものであるな」

扉の中は、埃に蜘蛛《くも》の巣だらけであった。

つい近ごろまで、獣の類が巣を作っていたようだ。

「ピョ」

「ああ、ショコラ、下に降りてはならん。余が今から片付けるからな。そのまま降りてはばっちいぞ」

村人が、後で片付けの手伝いを寄越すと言っていた。

だが、家まで用意してもらい、世話され通しではまるで魔王時代の余のようではないか。

余は魔王を引退したのだ。

故に、できることはきちんとやっておこう。

「よし、風よ起これ。魔風《イビルウインド》」

余が手をかざすと、巻き起こった風が屋内を吹き荒れていく。

風が埃や蜘蛛の巣を巻き取り、ぐるぐるとまとめ……。

「外へ放り出せ」

まとめられた埃の類が、扉から外に出ていった。

「ピャー！」

余の腕の中で、ショコラがバンザイする。

「よし、ショコラ、行ってよし!!　今、貴様を解放する……!!」

余は厳かに宣言すると、ショコラを床の上に下ろした。

猛烈な勢いで、ショコラが這い這いを始める。

速い……！

赤ちゃんとは言え、やはりドラゴンの血は争えんな。

「マウマウマー！」

「いいぞいいぞ」

どんどんと突き進むショコラを追って、余は借家の中を見て回る。

まずは入口から、廊下。

ここがリビングで、第一寝室。

ほう、第一寝室は広いな。

巨大なベッドが置いてある。

余とショコラの二人きりで寝るには、少々大きいか。

いや、元の姿の余であれば狭いくらいだな。

「マウマウー！」

「いいぞいいぞ」

這い這いしていくショコラの後を、余はついていく。

第二寝室は客間である。

大した広さではないな。

そして浴室。

それなりに広い。

ああ、いかん、トイレに突撃してはならんぞショコラ。

食堂付きのキッチンがあって、これで全部か。

家の中を全て見終えた後で、村の人々がやって来た。

たくさんの掃除用具を持った彼らは、家の中がすっかり綺麗になっているのを見て、驚いたようだった。

「こいつは一体、どうしたことだ!?　ゴミも何もかも、なくなっちまってる」

「やあ、ブラスコ。掃除ならば、余がやっておいた。何、この程度のこと、自分でできずどうするというのだ。世話になり通しでは申し訳が立たぬというものだ」

足元まで戻ってきたショコラを抱き上げる。

たっぷり這い這いしたので、どうやら疲れたらしい。

ショコラはほわほわと欠伸《あくび》をし、余の胸に寄りかかって眠ってしまった。

「可愛いねえ、赤ちゃん」

「うむ」

ブラスコや村人たちの言葉に、余は頷いた。

聞けば、ブラスコの家にも三人子どもがいるらしい。

「うちのガキどもにはさ、平和な世界を見せられそうでホッとしてるんだよ。いや、本当に、人魔大戦が終わって良かった良かった……」

「そうか。余も、当分はあのような大騒ぎを引き起こす事はあるまい。ショコラを育てねばならぬからな。これの母親と約束したのだ」

余がそう言うと、村の者たちはハッとした顔をし、目頭を押さえたり、気まずそうな雰囲気を漂わせる。

「そ、そうか。ザッハ。あんた奥さんが……」

「奥さん……？　妻のことか。妻はない」

「ああ、いや、悪かったよ。悪い事を聞いちまった」

なんだ？

おかしいな。

話が通じていない気がする。

余は一言も、偽りなど口にしていないのだが。

人間のコミュニケーションというものは、難しいな。

その後、掃除の手伝いであった村人の集まりは、余とショコラの歓迎会になった。

途中から、村の御婦人たちも駆けつけ、彼女たちが引き連れてきた子どもたちも我が家に溢れることになった。

「ダウー？」

「うむ、ショコラよ。人間の赤ちゃんだ」

「マーウー」

「何を言っているのかは分からんが、その通りだ」

多くの赤ちゃんたちが集まり、みんなショコラを不思議そうに見ている。

ふむ。

赤ちゃんの瞳の中に映るショコラは、ドラゴンの姿のままであるな。

どうやら、余の幻術は赤ちゃんには通用しないらしい。

だが、彼らは赤ちゃん。

大人たちに真実を伝える術などあるまい。

「ショコラ、遊んでくるが良い」

「マウー」

余が、ショコラを床に下ろすと、解放された彼女はのしのしと赤ちゃんたちに向かって突き進んでいく。

赤ちゃんたちもまた、ドラゴンであるショコラを受け入れると、みんなでだあだあ言いながら遊び始めた。

あのくらいの年齢であれば、竜であるとか人であるとかは関係がなくなるのだな。

興味深い。

魔と人のしこりは世界に残っているだろうが、幼い頃から偏見を取り払って教育すれば、余が引き起こしたこの戦いの傷跡は即座に消去できることであろう。

「おっ、ザッハさん、赤ちゃんたち見てるのかい？　ショコラちゃん、すぐに友達作っちゃったなあ。これで村での暮らしも安心だ！」

酒で顔を赤くしたブラスコがやって来て、余と肩を組んだ。

途中で余の見えない鎧に引っかかり、不思議そうな顔をする。

「うむ。赤ちゃんというものは偏見を持たぬ。ゆえ、こうして新しいものを引き入れることもあるのであろうな」

「そうだなあ。これからの新しい時代は赤ちゃんが作ってくれるんだもんな！　だけどな、赤ちゃんだけじゃ、育っていけねえ。俺たち大人が、そこは頑張らないとな！　そうだ、ザッハさん、ショコラちゃんにも新しいお母さんがいると思わないか？　あんたまだ若いしいい男だから、絶対嫁さん来ると思うんだけど……」

「あんた!!　何を失礼なこと言ってるのさ！　ごめんなさいねえザッハさん。うちの旦那が……」

アイーダが飛び出してきて、ブラスコを叩いて黙らせた。

「いや、気にする事はない。ふむ。ショコラの新しい母親か。なるほど、一考に値する」

村に迎え入れられたことで、拠点は得た。

こうして家を得て、村人たちからも歓迎をされている。

では、次なる活動は、ショコラの新しい母親探しと行こうではないか。

第2章　婚約破棄大作戦

saikyou maou no
dragon akachan ikuji senki

第6話　魔王、聖騎士な姫と再会する

余はこれからの予定を考えつつ、村の奥さんたちから赤ちゃんの世話の仕方を教わっていた。

本日の会場は、村の女たちが仕事をする、天幕を張られた井戸の横。ほぼ、外である。

今は、麦で作ったおかゆを、ショコラに与えていたところである。

木の匙いっぱいにおかゆを掬ってやると、ショコラはそれをずびずびーっと吸い込み、ウマウマ言った。

ショコラはよく食べる。

いっぱい食べて、一人前のドラゴンになるのだぞ。

「ショコラちゃんの髪、綺麗だねえ」

「瞳も不思議な色で……お母さん似なんだねえ」

村の奥さんたちが、口々に、ショコラを見にやって来る。

大変目立つ外見であるからな。

もっとショコラを見るがよい。

そして褒め称えよ。

うちのショコラは可愛かろう。

「ザッハさん、ショコラちゃんのおべべなんだけどね。うちの娘のお下がりがあるから、使うかい？」

「ありがたい。いただこう」

「引っ越してきたばかりで、色々揃ってないでしょう？　うちの旦那は職人だから色々作ってあげようか。もっとも、こっちは仕事だからタダでは難しいけど」

「ああ。もらえるならばありがたい。代価が必要であるなら言ってみよ。用意するとしよう」

親切な村である。

余は、様々な物をもらう代わりに、村人に様々なお使いを頼まれることになった。

ほう、元魔王がお使いか。

これはなかなかに愉快。

余が体を揺らして笑っていると、ショコラもごきげんになって「キャー」とかはしゃぐ。

さて、村人との交流は順調だ。

このように触れ合っているうちに、ショコラの新しい母親として適任な者も見つかるだろう。

余にとって時間は無限にある。

焦ることはない。

おかゆを食べ終わったショコラが、テーブルをばんばん叩いてお代わりを要求する。

これは食べ過ぎではないかと、奥さんたちが審議中になった頃合いである。

村の入口が騒がしくなった。

「なんだい、騒がしいねえ」

すぐ横を駆けていく若い娘に、アイーダが問う。

するとその娘は頬を赤くしながら口をパクパクさせる。

「だっ、だっ、あのっ大変」

「落ち着くが良い」

余は彼女をなだめた。

すると、娘は息を整える。

まだ、頬に血の気が差しているから、興奮しているようだ。

「あのね、大変なの！　なんと、勇者パーティの仲間、聖騎士にして姫騎士の、ユリスティナ様がいらっしゃってるのよ!!」

「ええっ、ユリスティナ様が!?」

「それは大変だわ！」

大騒ぎになる奥さんたち。

ユリスティナだと？

余が知る限り、勇者パーティの仲間で聖騎士で姫騎士なユリスティナは一人だけである。

ほう、あの娘が来ているのか。

あれから半年以上。

今ではすっかり、勇者ガイに失恋した頃であろう。

そう言えば、ガイはどうしたのだろうか。

もう第一王女ローラと結婚した頃か？

余は恋バナに目が無いのだ。

立ち上がる奥さんたちに交じり、余もユリスティナの顔を見に立ち上がる。

「あらまあ。ザッハさんも興味があるのかい？」

「そりゃあ、ユリスティナ様はすごい美人だものね。男たちの憧れさ」

「うむ。戦しか知らぬ故、無骨な娘だが、それもまた良いところであるのだろう。事実、ガイはローラとユリスティナの間で揺れておった故な」

「へえ、ザッハさん詳しいんだねえ！　もしかしてファンかい？」

「ふむ」

余は彼女らとともに歩みながら、少し考える。

「広義で言えば、ファンに当たるのかも知れぬな。勇者は生まれたが、そこから発生する人間模様は余が介入したものではない。予測し得ぬドラマというものは、まことに珠玉の娯楽であった」

「そうだね！　ザッハさんは言っていることが難しいけど、勇者様がたの恋のお話は、あたしらも生娘みたいにドキドキしながら聞いていたものさ」

「ほう、アイーダたちも、恋バナに興味が？」

「娯楽が少ない世の中だからねえ！」

「うむ。人の恋路を物語のように享受する事は悪徳かも知れぬが、こればかりは止められぬものだな」

余と奥さんたちは、ぐはははは、おほほほほ、あははははは、と笑い合いながら村の入口までやって来た。

ショコラが余の真似をして、口をパクパクさせている。

お前にはまだ、余の貫禄ある笑いは真似できまい。

しかし、普段なら魔闘気で地面を滑るように移動するが、こうして歩いて移動するのもまた悪くないものだな。

ゆっくりとした足取りは、周囲の風景に目を向ける余裕を与えてくれる。

今日も、ここベーシク村は平和であるな。

「ピヨヨヨ」

余所見《よそみ》をする余を、ショコラがペシペシと叩いた。

「どうしたショコラ。お腹が減ったか？　さっき食べたばかりであろう」

「マウー」

世界の言葉を解する余だが、赤ちゃんの言語だけはさっぱり分からぬ。

余は、目線をショコラと同じ方向に合わせる。

すると、そこには見覚えのある娘が立っていた。

聖なる鎧と聖なる剣を身に着け、白馬に乗っている。

白銀に輝く鎧と小脇に抱えられた兜は、田舎の村にあって大変目立つことだろう。

案の定、村人たちに群がられ、若き聖騎士は困惑の表情であった。

「皆、静かにしてくれないか。私は今、お忍びの旅の途中なのだ」

……お忍びの旅……？

聖なる鎧と聖なる剣と、白馬姿で？

お忍びの旅……？

「あまり、私が旅をしていることを知られたくはない。だが、あなた方が私を歓迎してくださる気持ちをないがしろにもしたくない」

「わー！　ユリスティナ様！」

「聖騎士ユリスティナ様！」

「姫騎士ユリスティナ様、素敵！」

歓迎どころか、村をあげての盛大なお出迎えである。

彼女、ホーリー王国第二王女ユリスティナは、困惑半分、嬉しさ半分という表情で身動きが取れないようだった。

旅装のつもりか、いつもは巻き毛に仕上げている金髪が、シニヨンに纏められている。

晴れ渡った空のような蒼い瞳の色は、とても美しい。

ふっくらとした紅色の唇が、曖昧な笑みの形を作っていた。

人が好く、頼まれれば断りきれず、それでいて自分の気持ちを素直に表すことができない娘。それが余の知る彼女だ。

人波を振り払うことなどできまい。

余は彼女が旅立ってから、魔王との最終決戦に至るまでずっと見てきたのだ。

知らぬことなど何もないぞ。

彼女にあと少し、女のずるさがあれば勇者ガイは彼女のものであっただろう。

「困ったな……。あなた方の気持ちは嬉しい。だが、せめて、村の中に入れてはくれまいか。村の外では、その」

そう言って、ユリスティナは周囲を見回す動きを見せた。

ふむ？

何か、この村に立ち寄らねばならぬ理由があるのか。

ここは、余が助け舟を出すとしよう。

「貴様ら、落ち着くが良い！」

僅かな魔闘気を込めて放った、余の言葉。

それはどのような騒ぎや雑音の中でも、確実に人間たちの耳に届く。

一人残らず、余の声をはっきりと聞いた村人たちはギョッとして口を閉ざし、声の主を求めて辺りを見回す。

突然騒ぎが止んだので驚いたのは、ユリスティナもである。

彼女は声の方向を、正確に感知していた。

聖騎士の鋭い視線が、余に向けられる。
ショコラによじ登られ、頭をしゃぶられて額からよだれを垂らしている余にだ。
ショコラ、余の髪は食べ物ではないぞ。
お腹を壊すから止めなさい。
「……あ、あなたは……ガイ……!?」
ユリスティナの目は、信じられないものを見たかのように見開かれた。
ああ、そうだったな。
今の余の姿は、勇者ガイのそれを幾年か成長させたものになっていたのだったな。
余は彼女に笑みを見せると、村へと手招きした。
「入ってくるが良い、姫騎士よ。村長、構わぬな？」
村人たちの中にいた村長は、余の言葉を聞くとかくかく頷いたのだった。

第7話　魔王、正体を明かす

ぞろぞろと、ユリスティナの後をついてくる村人たち。

だが、彼女の注意は村人たちに向けられてはいない。

蒼い瞳は、ただひたすらに余だけを映している。

これは……まだ未練たっぷりである。

あの後、ガイと姉のローラとの三角関係がどうなったのか、なんとかして聞き出さねばなるまい。

「似ている……。いや、済まない。あなたが、あまりにも私がよく知る男に、似ているので」

「そうか。余も、この身は勇者ガイに似ていると言われることがある」

「ああ、やはり！」

パッとユリスティナの顔が明るくなった。

そして、すぐにしょんぼりする。

うん、明らかに完全無欠の失恋状態であるな。

第二王女なのに一人旅しているし、貴様、これは傷心旅行だろう。

「知っての通り、余は勇者ガイではない。そもそも、ガイには子はおらぬであろう？」

「ダウー。マーウー」

余の腕の中で、ショコラがユリスティナの鎧に向かって手を伸ばす。

キラキラ光るものが珍しいようだ。

そう言えば、一部のドラゴンは光り物を集める習性があると言うな。

「ああ、確かに。済まない、似ているなどと言って。あなたはあなたなのにな。しかし、可愛らしいお子だ」

ユリスティナが目を細めた。

恐る恐る、ショコラに向かって手を差し出す。

ふふふ、そう恐れずとも良い。

ショコラは懐が広い赤ちゃんぞ。

危険無き者であれば、受け入れる度量を持っている。

「ダァ！」

「あっ……指が……」

ショコラの小さく、ぷにぷにとした手が、ユリスティナの指を握った。

ドラゴンではあっても、手のひらの感触は柔らかいぞ。

聖騎士の表情が、ふにゃふにゃと緩んだ。

いい反応だ。

赤ちゃんを好きな姫騎士に悪い姫騎士はいない。

もともと、彼女の人格は完全に把握している。

彼女に接触する手段を考えていたのだが、自分から来てくれたのならば好都合。

後は、いかにしてユリスティナを余の思惑に嵌《は》めるか……。

「否。否だ。待つのだ余よ。そのような謀略で染まった手でショコラを育てるのか？　それでは魔王時代と変わらぬではないか」

「？　どうされたのだ？　あの……」

余が独り言をつぶやき始めたので、ユリスティナは心配したらしい。

声をかけてくるのだが、そうだ、まだ名乗っていなかったな。

「ザッハだ。余の名は、ザッハ」

到着したのは、ちょうど村長の家の前である。

余の仮の名を聞いたユリスティナの目が、見開かれる。

「どうしたかな？　ユリスティナ」

「ああ、いや……」

彼女は言葉を濁す。

彼女は実に、隠し事が苦手な性分であるな。

「あの、ザッハさんもご一緒されますかな」

村長が聞いてくるので、余は鷹揚に頷いた。

この姿はまだ若造だが、どうも隠しきれぬ貫禄のようなものが滲《にじ》んでいるようだ。

髪が白くなりかけた村長が、余に対してへりくだって見える。

村長宅にて、ユリスティナと向かい合うように座す。

そろそろショコラはおねむの時間であるからして、村長の奥さんがベッドに寝かしつけてくれた。ありがたい。

赤ちゃんを扱う達人の存在は、やはり貴重である。

この村には、達人が溢れているな。

「実は、息子が良い鹿を獲ってきましてな」

「おお、鹿を。ご子息は良い腕をされているのだな」

ユリスティナが微笑んだ。

「はい。せっかくのユリスティナ殿下のお越しなのです。手ずから、鹿の料理をご用意しましょう！」

村長が腕まくりする。

ほう、村の長自らの料理とは。

これは楽しみだ。

村長は準備をするということで立ち去り、余とユリスティナには、茶が出された。

余は彼女と向かい合い、茶を啜《すす》る。

ここで余は、纏っていた雰囲気を変えた。

「久しいな、聖騎士よ」

「むっ？　……こ、これは、魔闘気だと……!?」

ユリスティナの目が見開かれる。

余は、ほんの一部だけ肉体を覆っていた幻を解除した。

人のように見えていた余の目が、瞳も白目も区別がなくなり、赤く輝く球体になる。

「この魔闘気……そんな……。まさか……!!」

「いかにも。余は、元魔王ザッハトール。貴様ら勇者パーティの元宿敵なり」

「馬鹿な！　ザッハトールめ、生きて……」

ここで余は、唇の前に人差し指を立てた。

しーっと静かにするようジェスチャーする。

「うるさくするのではない。ショコラが起きてしまうだろう。赤ちゃんは一度起こすと、大変むずかるのだぞ」

「お、おお」

激昂しかけたユリスティナが、虚を衝かれて静かになった。

「安心するが良い。半年前の戦いは、間違いなく貴様ら勇者パーティの勝利だ。先ほども余は言ったであろう、元魔王と」

「元……？　どういうことだ。お前がここにいるということは、何かを企んでいるのであろう……！」

また声が大きくなりかけたので、余は、しーっとジェスチャーをした。

「何を、企んでいると言うのだ」

「貴様らは余の全ての企みを退け、ついには余のもとに辿り着き、打ち倒したであろう。あの事件はあれで仕舞いだ。余は魔王から退き、今はこうして第二の人生を送っている」

「第二の人生だと……!?」

「いかにも」

「それは一体なんだ」

「赤ちゃんを育てることだ」

「――――――は？」

ユリスティナの口が、ぽかんと開いた。


「もう一度言うぞ。赤ちゃんを育てることだ。この村は凄いぞ。赤ちゃんをあやす、赤ちゃんのご飯を作る、赤ちゃんと遊ぶ……様々な分野の達人が揃っている。良い場所だ」

「いや、あの、だってお前、魔王では……？　え？　なんで赤ちゃん……？」

「うむ、聞くが良い。余はそもそも、赤ちゃんを育てる予定は無かったのだ。いや、予定などというものはそもそも無かったのだが、自由になった余はあるドラゴンと出会ってな……」

余が、ショコラと出会った話を詳《つまび》らかに語って聞かせる。

死する運命のドラゴンと、彼女から託された卵。

卵を温め続けた日々。

誕生した赤ちゃん。

そして名付け。

ユリスティナは目を潤ませて、慌ててポケットから取り出したハンカチで顔を覆った。

「うっ……！」

「く、悔しい！　魔王に泣かされるなんて」

「元魔王である。今はただの、赤ちゃんを育てる人だぞ」

「そういうのは父親というのだ！」

「なん……だと……？　余は、ショコラの父親だったのか……？　てっきり、村の人間たちが勘違いしているものとばかり思っていたのだが」

「名実ともに父親だろう……。まったく。それで、お前はどうして私に、正体を明かしたんだ？　黙っていれば私は気付かなかっただろう。私は……自分でも思うが、騙されやすいからな」

「ああ。実は、一つ頼みたいことがあってな。貴様が最適任であると余は踏んだのだ」

「最適任……？　なんだ、それは」

ユリスティナの瞳が、警戒の色を帯びる。

余は、笑みを浮かべた。

ユリスティナはごくりと唾を飲む。

二人を包む空気が張り詰めたものに変わり……。

「ショコラの……お母さんにならぬかね？」

「……はい？」

再び、姫騎士は呆然としたのだった。

第8話　魔王、狩りに出かける

目の前で、もぐもぐと鹿肉を頬張る姫騎士がいる。

「いかがです、ユリスティナ殿下」

「あ、ああ、うん。美味しいな。焼き加減も申し分ない」

「ありがとうございます！」

村長は褒められ、満面の笑みを浮かべている。

対して、ユリスティナのあの顔。

肉の味が全く分からないようだ。

と言うか、今は肉の味よりも、余が彼女を誘ったことで頭がいっぱいであろう。

善処してくれると助かる。

「いい味であるな、村長。鹿肉は脂身が少ないが、それでも溢れ出るこの旨み。焼き方が巧みなのであろう」

「おお！　ザッハさんも味が分かる方ですなあ！　ほっほ！　聞いたか、俺の肉の焼き方が上手いそうだぞ！」

村長の奥さんが、微笑みながら頷く。

余は、鹿肉を頬張りながら眼前の姫騎士を窺《うかが》う。

彼女もまた、ちらちらとこちらを見ていた。

目が合い、慌ててユリスティナは視線を落とした。

「どうですかな、ザッハさん！　今度、村の男たちで狩りに出るのですが、あなたも一緒に」

「ほう、余に狩りをせぬかと？」

「ええ。村でも家畜は飼っているのですが、毛や乳を取ることを優先していまして。そのため、肉を得るには狩りに頼っている有様でして」

すっかり、村長が敬語になっている。

溢れ出る余のオーラみたいなものを、感じ取っているのかも知れない。

割と権威には弱そうな村長だ。

「良かろう。余はこの村で、もらうばかりであったからな。働いて返さねばならぬと思っていたところだ。余の狩りの腕を見せつけてやるぞ」

「それは楽しみです！」

余は村長と、固い握手を交わし合う。

すると、そこにもう一つの手が伸びてきた。

「私も参加して良いものだろうか？」

「な、なんと殿下まで!?」

「ああ。実は、しばらくこの村に逗留しようと考えていてな。交友を深める意味でも、私にも狩りを手伝わせて欲しい」

「それは……殿下がおっしゃるならば、もう、こちらも喜んで……」

ほう、ユリスティナも参加するというのか。

村長からの許可をもらい、彼女はホッとした顔だ。

そしてユリスティナは、余を見て何か言いたげにしている。

ここでは言えぬ事が何かあるのか？

それとも……。

ふむ。

ユリスティナは、自分の欲求やそれに関することを堂々と公言できるような人間ではないことを、余はよく知っている。

でなければ、恋の三角関係で負けぬからな。

彼女が狩りに参加すると言い出したということは、余に何か頼みたいことがあるのではないだろうか。

村の中で、ユリスティナが余と二人きりであって話すなど、誰かに見られたらそれこそいらぬ詮索を招くことになる。

詮索の内容は、間違いなく恋バナになるであろう。

そういう話題は余も大好きだ。

「ピョ……ピャアーピャアー」

「むっ、ショコラが起きたか」

「あらあら」

余は、村長の奥さんとともにショコラのもとに急いだ。

詳しい話は、狩りに出てから聞けば良かろう。

村長の奥さんに、赤ちゃんのあやし方をレクチャーされつつ、余はこれからの事を考える……考え……。

「ピャアー、ピャアー」

「むっ。奥さん。泣き止まぬ……！」

「ザッハさん、貸して御覧なさい。こうですよ、こう」

「ピャ……キャッキャッ」

「おお……、なんという赤ちゃんをあやす腕前……!!」

余の頭の中は、またショコラのことでいっぱいになったのである。


翌日のこと。

余は、近所の奥さんにショコラを預かってもらい、狩りに出ることにしたのである。

奥さんたちは、昼間は農作業などしているが、子どもたちがより年少の子どもの面倒を見るようになっている。

子どもまでもがショコラの世話をできるとは驚きだ。
かくして、赤ちゃんをあやす技術が継承されていくのだな。
恐るべし。
だが、念のために、余はショコラを護衛するために一手打つことにした。
「現れよ、四魔将、西のパズス」
『ウキーッキィーッ!!』
余がその名を呼ぶと、目の前に魔法陣が浮かび上がった。
響き渡る、魔猿《まえん》の叫び声。
禍々しい陣は紫の光によって描かれ、明滅している。
既に滅んだ四魔将だが、何のことはない。
これらは余が作り出した使い魔に過ぎぬ。
滅んだとて、何度でも呼び出すことができるのだ。
我が家のリビングに、もうもうと。紫色の邪悪な煙が上がる。
余は慌てた。
「おいパズス。煙はだめだ。火事だと思われるではないか」
「あっ、スミマセン、ウキッ。それっぽく演出した方がいいかなーって」
煙は魔法陣に、シュ－ッと吸い込まれていった。
後に残ったのは、一匹の猿である。

紫色で、背中にコウモリの翼が生えた猿。

「どうもお久しぶりです魔王様！　ご用ですか！　おいら、見ての通り魔力の殆《ほとん》どを失ってちっちゃくなっちまいましたが」

「構わぬ。貴様に任を授ける。ショコラの身を守るのだ」

「ははーっ。謹んで拝命いたします！」

ということで、ショコラの安全は確保した。

パズスも力を失ったとは言え、一国の騎士団を軽く殲滅《せんめつ》できる程度の力はある。

陽気なお猿のパズス君として子どもたちの中に溶け込ませ、村の内側から、ショコラとお世話をしてくれる子どもたちを守るのだ。

さて、では、狩りに出かけよう。

外では、村長やブラスコ、村の男たちの一部とユリスティナが待っていた。

子どもたちに見送られながら、村を出るのである。

ショコラはきょとんとしていたが、他の子どもたちが手を振るのを見て、真似して手を握ったり開いたりしていた。

「ザッハトール。どうも、私の目には子どもたちの中に見覚えがある猿がいた気がするのだが」

「護衛に呼び出しておいた。安心せよ」

「なんだと……!?　ではあれは魔将パズス!?　四魔将は、まだ死んではいないというのか！」

「声が大きい。問題ない。あれは殆どの力を失っている。それに、四魔将は余の使い魔だ。余の意に反して暴れることは有り得ぬ」

「そうか……」

ショックを受けた顔をしているな。

今のパズスであれば、ユリスティナ一人で滅ぼすことができよう。

だが、その必要はあるまい。

魔王ではない、赤ちゃんの父親となった余が呼び出すパズスは、気のいいお猿さんに過ぎない。

「さて……ユリスティナ。余に話したい事があるのだろう？」

「!?　何故それを……！」

狩りのため、森に入り込んだ頃合いで、余は切り出した。

姫騎士の表情が、パッと変わる。

なんと分かりやすい。

貴様、絶対に隠し事とかできないタイプであろう。

それでこそユリスティナだ。

「ふっ……。まさかお前が、そこまで私のことを分かっているとはな」

彼女は少し自棄《やけ》になったように笑うと、話し始めた。

「ああ、もう頼れるのはお前しかいないようだ。村の者に頼んでは、彼らに迷惑をかけてしまうだろう。これは王族が絡む問題であるからだ。一介の村が、国家の介入を退けられるとも思えぬ。だが、私は心が弱い……。つい、一人逃げることに疲れ、村に頼ってしまったのだ」

回りくどい物言いだ。

だが、大体分かった。

貴様、色恋とか苦手だものな。

「つまりムッチン王子が求婚してきたのであろう?」

言おうとしていた事を先回りされ、ユリスティナが狼狽した。

「!? な、なにっ!? どうしてそれを……!?」

「ふふふふふ……。余は勇者パーティのことならば、なんでも知っているのだ」

「ザッハトール……恐ろしい奴だ……!」

「頼みというのは、ムッチン王子の求婚をどうにかして欲しいと、そういうことで良いか?」

「ああ、その通りだ……。ドラゴンを退治したというムッチン王子は、もはやゼニゲーバ王国の英雄。勇者パーティであった私と彼が結婚することで、ホーリーとゼニゲーバの二つの国は深く結びつくというわけだ」

「政略結婚か……。それは恋バナ的につまらぬな」

「……? 恋……バナ……?」

「いいだろう、ユリスティナ。その結婚、余がぶち壊してくれよう」

余は笑った。

ユリスティナを、ムッチン王子にくれてやるわけには行かぬ。

彼女には、ショコラのお母さんをやってもらわねばならぬのだから。

第9話　魔王、企む

狩りは、ベーシク村近くの森で行われた。

この森は、それなりに長く続いた人魔大戦の折、放棄された村などを飲み込んで拡大した森だ。

大戦中は危なくて近寄れなかったそうだが、終戦後の今は良い狩場となっているそうだ。

「どれ、ではまず、見本をお見せしましょう！」

狩りが得意だという村人、カルロが前に出た。

彼が持つのは、それなりの大きさの弓である。

なに、魔法がかかっていないのか？

それではただのおもちゃでは無いのか？

余は訝《いぶか》しく思い、首をかしげる。

「なにを不思議そうな顔をしている、ザッハトール」

余の様子を見て、ユリスティナが声を掛けてきた。

「うむ。余は、弓というものは魔法をかけ、魔の矢を放つ道具だと認識しているのだ。放つ行為そのものに呪術的な意味合いをもたせやすい故な。だが、あの弓矢には、驚くべきことに何の魔法も掛かっておらぬ」

「それはそうだろう。村人の狩りだぞ？」

ユリスティナが呆れたように溜息を吐いた。

「そうか……。各国に魔法学院を造らせても、末端の村まではその恩恵は伝わって来ぬか……」

意外な事実を知ってしまったのであった。

魔法学院が作り出す、魔法知識や魔法技術といった恩恵は、大都市で溜め込まれ、地方へはトリクルダウンしてこないのだ。

これは盲点だった。

「何という顔をしているのだザッハトール。魔法の弓矢など無くても問題はない。見てみろ。村人たちは、一人でも魔法の弓矢が無いことを嘆いているか？」

ユリスティナの言う通りだった。

村人たちは生き生きと、狩りを楽しんでいる。

自らの経験と肉体のみを使い、獲物を追い詰め、狩る。

原始的だが、根源的な喜びがそこにはあった。

「うむ。余が間違っていたようだ。必ずしも、この村には魔法は必要ではないのだな」

「そういうことだ。それに、魔法が掛かっていないならば聖なる力を込めて放てばいい。ほらこんな風に」

ユリスティナは矢を番《つが》えると、そこに真っ白く輝く聖なるオーラを纏わせる。

おい。

オーラを纏った矢は、こちらを窺っていたイノシシの頭部に近づくと、光の光線に変わってその全身を貫いた。

「な?」

ドヤ顔になるユリスティナ。

余は呆れて天を仰いだ。

「な、ではない。貴様しかできぬことを対応策のように言うな。村人も引いているではないか」

村人たちが集まってきて、余を交えて協議した結果。

ユリスティナは射撃禁止ということになった。

魔王と戦えるほどに技や肉体を鍛えすぎると、日常への適応力が弱くなるのかも知れぬ。

いや、この姫騎士が特別そうなのか。

だが、そうであるからこそ、彼女はショコラの母親役に相応《ふさわ》しいのだ。

やがてドラゴンへと成長する赤ちゃんのお母さんとして、どれだけ強くても強すぎるということはない。

弓の使用を禁止されたユリスティナ。

しょんぼりしながら後をついてくる。

ちょっと村人たちとも距離が空いたので、余はこの隙に彼女と作戦会議をすることにした。

作戦は、ゼニゲーバ王国のムッチン王子に、いかにしてユリスティナを諦めさせるか、だ。

「余にいい考えがある」

「魔王のいい考えだと？　いやな予感しかしない……」

「そう言うな。余は無数の前科があるが、今回のアイディアは貴様を望まぬ結婚から救うためのものなのだ。そのためには、ユリスティナの力も借りねばならん」

「私の力だと？」

「そうだ。余とムッチン王子は、それなりに顔を見知った仲でな。無論、この顔ではなく魔王の顔だが」

「あの禍々しい姿で、何をしたら見知った仲になるのだ……。いや、いい。話を続けてくれ」

「うむ。余は何度かムッチン王子と邂逅《かいこう》し、恐らくトラウマレベルまでかの男に恐怖を刻み込んでいる。そして、彼奴《きゃつ》がまともにドラゴン退治などしていないことも、余はよく知っている。その現場にいたのだからな」

「ほう……」

「これを糾弾し、余が元の姿を見せるなど、ムッチン王子の評判を下げ、失脚させる方法はいくらでもある」

ユリスティナが顔をしかめた。

いかに嫌な結婚相手といえど、理不尽にひどい目に遭わせることに抵抗がある女なのだ。

そんな彼女だからこそ、神は彼女に奇跡を宿し、聖騎士としたのだろう。

余も、その辺りは分かっている。

そもそもこれは、ユリスティナを勧誘しようという計画なのだから、彼女の不興を買っては意味がない。

「だが、今回は平和的に解決しようと思っておる。まず、余が四魔将の一人、オロチを召喚して暴れさせる。ゼニゲーバ王国の王都が良かろう。これを余が退治する。あくまで芝居だぞ。それを貴様が倒す。余よりも強い貴様を見て、ムッチン王子はドン引きする。どうだ」

「私の評判に凄いダメージが来そうな気がするんだけど……確かに効果的だ」

「であろう？　ゼニゲーバ王国に、ドラゴンと戦えるほどの実力も備えもないのは、余がよく知っている。全世界の軍事力も魔王時代に把握したからな。昨今では平和になったから、軍縮だなんだと軍隊も縮小されているのではないか？」

「まるで見てきたように言うな、お前。怖い。なんで知ってるの」

おっと、ユリスティナがドン引きした。

「何、簡単な推理である。だが今はそれについて説明している状況ではない。ということはだ。元々軍備に力を入れず、各国に投資して国を守らせていたゼニゲーバ王国が、この状況でドラゴンと戦えるほどの戦力を常備しているわけが無いのだ。ということで、オロチ一匹であの国は壊滅できよう」

「いいかザッハトール。あくまで、あくまで私の婚約の話をなしにするためだからな？　それに乗じて王都壊滅なんてさせるなよ!?」

「うむ。細心の注意を払い、そっとオロチを暴れさせよう」

かくして、方針は決定した。

余の華麗なる作戦立案能力が火を吹き、次なる舞台はゼニゲーバ王国の王都となることが決まったのである。

そうなれば、ショコラも連れて三人で旅行するようなものであるな。

人間の言葉では、こういうのは新婚旅行と言うはずだ。

「ザッハトール。村長が呼んでいるぞ。お前が狩りをする番が来たんじゃないか？」

「ほう、余の腕前を見たいと申すか。良かろう。余が謀略だけでなく、武力にも優れた魔王であることをこの場で見せてやるとしよう……！」

先の予定は立てた。

後は、狩りをエンジョイするだけなのである。

第10話　魔王、オロチ（ヤンデレ）を呼び出す

「ピョ、ピィー、ムムー」

「おおっ、ふわっふわのもちもちだ。ふふふ、赤ちゃんは可愛いなあ」

ユリスティナが目を細めて、ショコラを抱っこしている。

ショコラも、いつも余に抱っこされている時よりも機嫌がいいようだ。

余が抱っこしていると、すぐに腕を抜け出して余の髪をもぐもぐしにくるからな。

「あっ、こらショコラちゃん。そんなところを触ってもお乳は出ないぞ」

「余には無い柔らかい部分なので興味深いのであろう」

「ンマ！　マーマウ」

ショコラはユリスティナの胸が珍しいと見えて、ぺたぺた触っている。

はて、村のお母さんたちにも抱っこしてもらったはずだが、これほど興味深げな反応はしていなかったはずだ。

一体、何がショコラの興味を惹くと言うのだろう。

「もしや……鍛え抜かれた結果、半分が筋肉に……？　なるほど。そのハイブリッドな触感は並の

人間では真似できまい」

「は!? 私の胸がまるで異常なものみたいに言わないで欲しい。ショコラは私の人柄とか、包容力みたいなものを分かっているんだ」

相変わらず胸をぺたぺたされながら、真面目な顔で言うユリスティナ。

そんな余と彼女のやり取りを、ニコニコしながら御者が眺めていた。

ここは馬車の中。

我ら三人は、ゼニゲーバ王国へと向かっているのである。

「マウー、マウマウー」

今日は珍しく、ショコラがよく喋る。

何を言っているかは分からないが、それはいつもの事である。

余とユリスティナは、適当な感じで相槌を打った。

「そうかそうか、ユリスティナが気に入ったか。これはやはり、お母さんになってもらうしかないなあ」

「こ、こら! 私はまだその話を引き受けたわけではないぞ! 全く……どうしていきなり母親にならねばならんのだ……」

ぶつぶつ言うユリスティナだったが、腕の中で「ピィピィ」言うショコラを見つめていると、にへっと顔が緩んでいく。

ククククク、逃しはせんぞユリスティナ。

貴様、絶対赤ちゃん大好きであろう。

「ハッ……！　そう言えば、可愛いショコラと遊んでいて忘れていたが、ザッハトール。お前は四魔将全てを召喚できるのか？」

「うむ、その通り。今回呼び出すオロチは、外見もドラゴンによく似ている。ムッチン王子の竜殺しを欺瞞《ぎまん》と暴くには最適な魔族だろう。この場で呼びつけてみせようか」

「よせよせ。馬車の中では、何か余計な騒ぎが起きそうだ。近く休憩があるだろう。そこで呼び出してはどうだ？」

ユリスティナの言うことももっともである。

ここは、馬車が止まるまで待つのが良かろう……。

『……様』

ガタガタ馬車が揺れる。

揺れに合わせて、ショコラがユリスティナにむぎゅむぎゅと抱きつく。

『魔王様……！』

ククク、ユリスティナめ。

あの調子では、遠からずショコラの前に陥落してしまうであろう。

貴様をお母さんにしてやろうか。

『魔王様――――！！』

「ぬわっ!?」

突然耳元で叫ばれ、余は座ったまま飛び上がった。

うわあびっくりした。

気がつくと、すぐ傍らに、見覚えのある女が座り込んでいる。

漆黒の髪に黒い瞳をした、妖艶な人間の女だ。

濡れたように輝く白い肌が印象的で、肌もあらわな赤いドレスを纏っている。

「あれ？　なぜオロチが外に出てきておるのだ」

『もう……魔王様ったらいけずなんだから。わたくしの名前を呼んだら、出てきてしまうに決まっているでしょう……？』

決まっているのか。

ああ、いや、つまり、一度滅ぼされたオロチは、余によって召喚されるのを待機する状態になっている。

故に、オロチは余がその名を口にしたことで、それを手がかりにして自ら出現したということか。

なんという積極性だろうか。

「あれっ!?　お客さん、増えてないかい!?」

いかん、御者に気付かれたぞ。

余は御者に、幻惑魔法を掛けた。

すると、御者は虚《うつ》ろな目になり、オロチから視線を外した。

危ない危ない。

「気をつけろオロチ。余は二人分の運賃しか払っていないのだ。残りもあるが、滞在費用や観光の費用で消える予定なのだぞ？　やりくりは大変なのだ」

『魔王様!?　な、何を所帯じみたことを仰るのですか！　お金など無くとも、人間どもから奪い、殺し、我が物とすればよいではございませんか……！』

「いや、それは人間どもが困るであろう。それに余は既に魔王では無いぞ。赤ちゃんを育てる人だ」

『魔王様ーっ!?』

オロチは目眩《めまい》がしたらしく、真っ青になって頽《くずお》れる。

この光景をじーっと見ていたユリスティナが、半眼になった。

「ザッハトール。その女がオロチなのか？　未だ、魔族らしい危険な思想を持っているようだが」

「いかにも。四魔将にして東を司《つかさど》る、大蛇の化身オロチである。普段は人に似せた姿をして、サイズを縮めてある」

「そうか。では今度危ないことをやろうとしたら、私が手ずからまた滅ぼしてくれよう」

ユリスティナが静かに、全身から聖なるオーラを漂わせる。

立ち直ったオロチも、彼女を見てメラメラと怒りの炎を燃やす。

『なにっ。あの女、なんなんですか！　魔王様、わたくしという者がありながら、どうしてあんな女が近くで恋人面してるんですか！　そうか、魔王様をおかしくしてしまったのはあいつね！　許せない！』

「ほう、やる気か？　人間に手出しをするなら、私も黙ってはいないぞ。聖剣が無くとも、力が落ちた四魔将ならばこの拳で滅ぼしてくれる！」

「貴様ら止めるのだ。喧嘩されたらこの辺り一帯が更地《さらち》になる」

火花を散らす女たちの間に、余は割って入った。

危ない危ない。

ショコラの教育に悪いではないか。

それに、今はきょとんとして女二人の言い争いを聞いているが、いつ泣き出すか分かったものではない。

ショコラが泣くのは、お腹が空いた時かおむつにしちゃった時だけで良いのだ。

村の奥さんたちから、余はそう教わったぞ。

「ということで、戻すぞオロチ。さらばだ」

『ひい、そんな殺生《せっしょう》な！　せっかく四魔将の限界を越えて召喚外の登場をしたというのに！』

「貴様、余とユリスティナのことばかりでショコラの話題に触れておらんかっただろう。いいか、ユリスティナは恋人ではない。お母さんをやってもらう予定なのだ。魔界の底で頭を冷やすが良い、オロチ。また呼び出すからな」

『ううううう、口惜しやぁ――――』

余が指を鳴らすと、オロチは消えた。

四魔将を待機させている、魔界の底に送り返したのだ。

今頃、他に唯一実体化しているパズスと再会し、愚痴でもぶつけているかも知れぬ。
己に足りぬものを自覚してくれるといいのだが。
赤ちゃんに必要なのは、恋人ではなくお父さんとお母さんなのであるからして。

第11話　魔王、明日の段取りを確認する

ゼニゲーバ王国に到着したのである。

余は変身しているからいいが、ユリスティナはそのままでは世界一有名な女だからして、目立つことこの上ない。

「ユリスティナよ。希望の姿はあるか？」

「希望だと？　一体私に何をしようというのだザッハトール！」

「ククク、知れたこと。王都の人間にばれないように変装させるのだ」

「あ、なるほど」

というやり取りのあと、ユリスティナは黒髪の女性に変身させることにした。

余の幻覚魔法は、見た目を変えるだけではない。

ある程度、その存在を見た目通りの形状に変えてしまう力を持つ。

例えば今、おくるみに包まれてぐうぐう寝ているショコラ。

本来ならば尻尾と翼があるのだが、幻覚で人間の赤ちゃんになっている間、それらは消えてしまうのだ。

同じように、ユリスティナも鍛え抜かれた肉体とかは一時的に消える。

「むっ……なんだか頼りないな……。全身にあるべきものが無い感覚だ」

肉の落ちた腕や足、腹筋を確かめて、ユリスティナが眉をハの字にする。

人間の女子は普通、その辺が減ると喜ぶものだと思ったのだが。

やはりこの女、規格外。

余の目に狂いは無かった。

こやつしか、ショコラのお母さん役は務まるまい。

「……どうして私に熱い視線を送ってくるのだ」

「余は今、必ずや貴様を自由の身にせねばならぬと誓っているところだ」

「はあ……」

かくして、我らは王都にて宿を取ることにした。

金は、狩りを手伝った際に受け取った分しか無いため、中程度の宿に二泊三日である。

これと滞在中の食事、他に予定している諸々の出費で、所持金は無くなる。

ふむ、人間の生活というものも、色々と物入りなものだな。

「……同じ部屋なのか……？」

「何を言う。違う部屋にする予算は無いぞ。それに、余が一人でショコラの面倒を見切れるはずがあるまい」

「むむっ……。確かに、魔王と赤ちゃんをずっと同じ部屋にしておくのも……！　汚い、さすが魔王汚い」

「クハハハハ、何とでも言うが良い。余は貴様にお母さん役を引き受けてもらうまでなんでもするぞ。覚悟するが良い！　——それはそうと、ショコラが結構貴様を気に入っているようなので本当に引き受けてくれると嬉しい」

「い、いきなり殊勝な物言いになるな!?　だが、確かにショコラちゃんはぷにぷにのふわふわでだな……」

「そうであろう、そうであろう……」

余とユリスティナ、顔を寄せあっていかにショコラが可愛いかを話し合うのである。

ショコラは、宿のベッドの上に寝かせている。

この子はよく食べ、よく動き、よく寝る。

「では、ショコラが起きぬ内に作戦の詰めと行こう。いでよ四魔将、東のオロチ」

余が名を呼ぶと、足元に緑色の魔法陣が浮かび上がった。

そうそう。

本来はこうやって出てくるものなのだ。

さっきのように、オロチが勝手に登場するのはよろしくない。

街中であんなことがあれば、目立つことこの上ない。

『魔王様ーっ!!』

来た。

光が描く魔法陣が、強く輝く。

それに紛れて、半人半蛇となったオロチが飛び出してくる。

余に抱きつこうとしたので、それを両腕でブロックした。

『ああん、魔王様のいけず!!　どうして防御するのですかぁ！』

「冷静にせよ、オロチ。明日の作戦について貴様に伝える」

『あっ、もう少し、もう少しで魔王様をハグ出来ますぅ』

「話を聞くのだ」

余は一瞬だけ正体を現した。

魔闘気が湧き上がり、一瞬でオロチを包み込み、制圧する。

地面に押し付けられて、潰れたようになったオロチが呻《うめ》く。

「明日、貴様は人間の街で暴れよ。ただし、人が死なぬよう注意するのだ。万一死者が出れば、余が復活させるがな」

『そ、そんなの、魔族のやり方ではありません！　魔族は人間どもを殺し、喰らうものです！　ですけど、魔王様がご命令なさるのならぁ』

「……ザッハトール。やはりこいつを使うのは危険では……？」

横にやって来たユリスティナが困った顔をする。

「オロチを使う理由は簡単だ。良いか？　演技でしか無い者には、どこか嘘くささが付き纏う。その者が本気であるからこそ、相手も信じるというものだ。余も策略を巡らせる際には、尖兵となる者を魔法で洗脳し、与えた設定を信じ込ませた。それでこそ、尖兵は相手を騙《だま》すことができ、余の策略は成ったのだ。

つまり、オロチのように人間を食い物としか思っておらぬ魔族だからこそ、ムッチン王子を怖がらせることができるということだ」

「もっともなような……。むむ？　しかし、ザッハトール、騙すとは一体？　お前の策略とは」

「安心せよ！　余がオロチを暴走はさせぬよ。クハハハハ！」

ユリスティナの詮索がとても危険なところに触れそうになったので、余は笑ってごまかした。

勇者一行の冒険に、やらせはない。

いいね？

そして、余とユリスティナとオロチは、今後のタイムテーブルについて話し合った。

明日の夜、ムッチン王子がユリスティナを探す旅の壮行会を行う。

そこでオロチが出て暴れる。

余が止める。

余が正体を現す。

ムッチン王子が腰を抜かす。

ユリスティナが余を倒し、彼女の豪腕にムッチン王子ドン引き。

これだ。

「待て、ザッハトール！　おかしいところがあるぞ！」

『そうですわ！』

「何かね」

『わたくしの出番、それで終わりなんですか!?』

「うむ。仕事が終わったら、魔将の控室で休憩をしているように。暇であれば、パズスと共に村を守ってもいいが、貴様人を喰うだろう」

『人間はおやつですもの』

「終わったら控室に戻るように。はい、えーとか言わない。で、ユリスティナはどうしたのだ？」

「……これ、今日から丸一日以上空いてるじゃない。なんでこんなに早く来たの……？」

「観光である。安心せよ。観光予算はしっかりと用意してきてある。余はこのような予算関係の計算は得意であるからな。魔王時代によくやったものだ」

「どうして魔王が……」

「ユリスティナよ。我が魔王軍に、そのような細々とした作業が得意そうな幹部はいたか？」

ハッとするユリスティナ。

「いなかったな。皆脳筋だった……！」

そして、余を、えも言われぬ感情を込めた目で見た。

「苦労……していたのだな……」

「なに、慣れている」

さて、そろそろショコラがむにゅむにゅ言い始めた。

起きたショコラはむずかるのだ。
余は、赤ちゃんをあやす用意をした。
さあ、これから観光をするぞ。

第12話　魔王、王都の裏で蠢《うごめ》く策謀に気付く

しっとりしたベッドの感触で目が覚めたのである。

横を見ると、ベッドの真ん中にショコラ。

おむつが湿っている。

「ぬお、大放出だ」

余はパッと起き上がると、ショコラのおむつを替え始めた。

ショコラを越えた隣で寝ているユリスティナも、湿り気を感じたようで目をぱちっと開いた。

「むっ、この感覚……」

「うむ。おねしょだな」

「まさかおむつを越えてここまでとは。ショコラちゃんは将来大物になるな」

「間違いあるまい」

我らはそう囁き合うと、ショコラが目覚めぬよう、手早くおむつを交換し、ベッドのシーツも交換した。

宿の者を呼び、追加料金で新たなシーツを注文するのだ。

大丈夫、おねしょによってシーツがダメになる可能性も鑑み、そのための料金は旅費に計上してある。

「マムー」

ショコラがむにゃむにゃ言い始めた。

眠りが浅くなってきている。

「貸せ、ザッハトール」

ユリスティナは余からショコラを預かると、胸に抱いてよしよし、と優しく揺すり始めた。

小さな声で、ショコラに聞かせるように歌い出した。

すると、むにゅむにゅしていたショコラが、また寝息を立て始める。

誰から習ったわけでも無いのだろうが、あれはなかなか凄腕の赤ちゃんあやしである。

やりおる……！

余の目に狂いは無かった。

「ザッハトール、もう夜が明け始めているがどうする？　……というか魔王と同室で、私もここまで熟睡してしまうとは」

「ククク、旅疲れというものであろう。余は外を見てくる。貴様はもう少し寝ているが良い」

「くっ、魔王に気遣いされるとは……！　だが寝ることにする。ありがとう」

そう言うと、ショコラを寝かしつけたユリスティナもまた、真新しいシーツのベッドで眠りについた。

さて、この間に、余は明け方の王都を散歩するとしよう。

「おや、旦那さんお散歩かい」

「そのようなものだ」

余は宿のスタッフに声を掛けられつつ、外に出た。

夜明けである。

どれ、今夜決行予定の『ムッチン王子にユリスティナ求婚を諦めさせる作戦』の現場を確認してくるとしよう。

余は魔闘気を纏うと、ふわりと浮かび上がった。

腕組みをし、街道をするすると滑っていく。

明け方の街は静かなものである。

「ふむ、この時間は誰も動いておらぬな。もっとも、そうでなければ余も、魔闘気移動法など使わぬがな」

会場まで向かってみると、そこには動く人影があった。

「むむ?」

余は建物の陰で停止した。

顔を覗かせて、様子を窺う。

何者かがぼそぼそ話しておるな。

どれ、聞いてやるとしよう。

余は聴覚を強化する。

魔闘気の応用である。

「これであの方も満足されるかな」

「ああ、だろうぜ。この国の王族は、魔法学院をないがしろにし過ぎるんだ。ガーディさんが来てくれなかったら本当にやばいところだった」

男たちは、ムッチン王子の壮行会会場に何かを仕掛けているようだ。

魔法を使った罠であろう。

ほう、という事は、これは暗殺計画か。

ガーディだと？

何者であろうかそやつは。

余はここ半年ほど、ショコラの卵温めに注力していたため、世の中の動きには疎《うと》いのだ。

「よし。静かに現れよ、四魔将西のパズス」

余の足元が、ぼんやり光った。

そこから、ニュッとパズスが顔を出す。

「静かにってオーダーを受けましたけど、どうしたんですかね魔王様」

紫のお猿は、よいしょ、と魔法陣から体を引っ張り出す。

「余の計画に不確定要素が影響しようとしておる。貴様はここで、彼奴らを観察せよ。そして余に報告するのだ」

「ウキッ！　おまかせ下さい！」

パズスが二本足で立ち上がり、魔王軍流敬礼のポーズをした。

「これは貴様のお弁当である」

余はポケットに潜ませていた、ドライフルーツの類を取り出した。

昨日の夕方、買っておいたものである。

「キキーッ！　ありがたき幸せ！」

パズスはドライフルーツを受け取ると、もちゃもちゃ食べながら任務を始めた。

その間にも、仕掛けを行う者たちは増えている。

口々に、ガーディ、ガーディと謎の者の名を呼んでいる。

妙に気になる名であるな。

「うーん、どうも臭《くせ》えですなあ」

パズスが唸った。

うむ。

陰謀の臭いがするのである。

その後、余が宿に戻ろうとした頃には、完全に夜が明けたのである。

流石《さすが》に、歩いて帰ることにする余。

途中で市場が開いていた。

朝市である。

「ほう……これは……！」

「いらっしゃい！　お兄さん見ない顔だね。旅人かい？」

「分かるか。偶然朝市に出会ってな。こうして覗きに来たところである」

「はっはっは、うちの野菜はな、採れたての新鮮だぜ！　煮物にしてよし、焼いてよし！」

ふむ、この地方の人間は、野菜を生では食わぬようだな。

「では一つもらっていこう。ヤムヤムとカブカブをもらおう」

「毎度あり！」

余は大きな芋と、丸い根菜を抱え、宿へと帰還した。

食堂で働き始めていた宿の奥さんに、野菜を手渡す。

「朝食だがな。これで赤ちゃんも食べられるものを作るがよい」

「あら、立派なヤムヤムとカブカブだね！　ありがとう！　腕によりをかけて作るよ！」

余は奥さんにオーダーを出すと、安心して部屋に戻った。

部屋の中では、まだユリスティナが爆睡しているではないか。

目覚めたショコラが、ユリスティナの上に乗ったり、転がってみたりして冒険している。

「おお、ショコラ、目覚めていたか」

「ピョ？」

余の声に気付き、ショコラが顔を上げた。

「マーウ！」

「うむ、今そばに行くぞ」

余がベッド際まで来ると、ショコラはユリスティナをお尻の下に敷いて座り込んだ。

こうまでされても起きぬとは。

恐るべき眠りの深さである。

いや、今「むぎゅう」と言ったな。

余がショコラを抱っこすると、ユリスティナもモゾモゾ動き始めた。

起床である。

「起きよ。今日は忙しいぞ。望まぬ婚姻から貴様を解放するために、大いなる策略が待っているのだからな」

「ふぁい」

寝ぼけ眼のユリスティナは、よく分からない返事をしたのであった。

第13話　魔王、作戦を決行する

昼間は観光を楽しんだのである。

ゼニゲーバ王国は、世界でもトップクラスの経済規模を誇る国だ。

人魔大戦において、この国だけは自国の軍隊を戦争に派遣せず、金や物資の支援だけに止《とど》めたのだから当然であろう。

かくして、各国はゼニゲーバ王国を非難した。

だが、王国は人的損失をほとんど出していない強みで経済力を高め、それらの国々を飲み込んでいったのである。

ホーリー王国が、ユリスティナを嫁に寄越せというゼニゲーバ王国の要請を断れなかったのは、そこに要因があろう。

かのホーリー王国は、魔王軍と最も果敢に戦った国であるからな。

その分だけ、戦争による傷跡も深く残っている。

「いや……豊かなものだなあ」

「マウー」

「驚いた。市には多くの品物が並び、人々の衣装も色とりどりだ。ホーリー王国では未だに戦争から立ち直ることができていないというのに。男たちの数は減り、物だってあまり手に入らない。だが、あるところにはあるものだな……」

「うむ、そういうものであろう。さあ、夜までに英気を養おうではないか」

ユリスティナには、余計な情報は与えないようにしておくのだ。

企みの類が得意な女では無いからな。

我らは、赤ちゃん連れ歓迎のお店で食事をした。

ショコラは赤ちゃん用ランチセットをもりもり、うまうまと食べ、ご機嫌であった。

さらに、我らは洋服の店に向かった。

ゼニゲーバ王国では、服飾産業に革命が起こっており、比較的安価な洋服が出回っているのだ。

ここで、ショコラ用の可愛い服を吟味する余とユリスティナである。

「やはりピンクじゃないか？　ショコラちゃんは女の子だから」

「いや待て。髪色が瑠璃色だからして、青ではないか」

「ぬぬぬ、一理ある」

「では両方買おう」

「マウマー」

「だけど、ショコラちゃんもすぐに大きくなるだろう。同じ服というわけには行かない。服を作るために、布を買っていくのがいいかも知れない」

「おお……！」

余は、ユリスティナの発想に驚愕した。

そんなやり方があったのか……。

この女、やはり只者ではない。

余の目に狂いは無かった。

かくして、作戦に入る前におみやげをいっぱい買い込んだ我らである。

宿の部屋に一旦帰り、物を置いた。

「戻れ、パズス」

余が名を呼ぶと、魔将パズスが帰ってきた。

「ただいまですぜ魔王様！」

「うむ、報告を受けよう。そして、貴様にはショコラのお世話を任せる」

「ははーっ、謹んで拝命いたします！」

ここは、宿と他の建物の間の通り。

ユリスティナは宿で、ショコラを着替えさせているころであろう。

余も着替えたショコラが見たい……！

だが、ここは情報収集をしておかねばならないのだ。

「それで、どうだったのだ？」

「ははーっ。あの連中は、間違いなく魔法学院の人間ですね。んで、罠は魔法的なダメージを与える軍事用のものですね。本来はおいらたち魔族を相手取ったものなんでしょうが、終戦しちゃって使い所がなくなったんでしょう」

「それを人間に使って威力を見せると？　下手をすればムッチン王子が死ぬではないか。いや、それが狙いか」

「でしょうねえ。あのおでぶ王子を死なせて、おいらたち魔族に責任を押し付けるんじゃ？　んで、戦争再開して魔法学院は存在感を示すと」

「救いようのない阿呆だな。それでは余が安心してショコラを育てられぬではないか」

「ですなあ。で、ガーディとかいうのを調べたんですけど、こいつは正体不明ですね。ただ、出現した時期が魔王様がちょうど失脚してた半年間なんで、もう臭い臭い。出所不明の出資と、ずば抜けた魔法の力で学院上層部に食い込んできたんだそうですな。で、今回の話はこいつのアイディアらしくてですね」

「ガーディという男を探し出し、なんとかせねばならぬな。ご苦労であった」

余はポケットから果物を出し、パズスに与えた。

パズスはウキウキいいながら、果物をパクパク食べる。

その後、ユリスティナと合流する。

新しいピンクの服を纏ったショコラは、それはもう可愛らしかった。

「どうだ、ザッハトール」

「うむ……うむうむ」

「ただでさえ可愛いショコラちゃんがさらに可愛くなった！」

「うむ……‼」

余は強く頷いた。

「……それで、お前の後ろにいる紫色の猿は」

「余と貴様が作戦を行っている最中、ショコラのお守りをする役割を負っている。先日も我らが狩りに出た時、ショコラの子守をしていて面識もあるゆえな」

「ウキキッ、お任せ下さい」

「ええ……」

ユリスティナが嫌そうな顔をした。

そんな顔をするのはよすのだ。

だが、結局はショコラをパズスに預けることになった。

「よーしよし、ショコラ嬢ちゃん、魔王様とユリスティナの姐さんが働くのを見守ろうなー」

「ピョピョ」

「いい子ですなー。よーしよし」

「ピョ、ンマー」

パズスの赤ちゃんをあやす腕前も悪くはない。

だが、あくまでお猿さん。

あまり長時間、ショコラのご機嫌は持たぬであろう。

作戦は迅速に行わねばならぬ。
余とユリスティナは、会場へと急いだ。
周囲はとっぷりと日が暮れ、街角には贅沢な魔法の明かりが灯されている。
壮行会会場に向かうにつれ、人通りが多くなってきた。
我らは街の細い通りに入り、そこで余が魔法を使用する。
「フロート」
浮遊の魔法である。
余とユリスティナ、パズスにショコラを対象にする。
ふわりと我らは舞い上がった。
そして、比較的高い建物の最上階に立つ。
「うわあ」
高いところから壮行会を見下ろしたユリスティナが呻いた。
眼下に広がっているのは、贅を尽くした宴である。
市民の参加は自由。
ムッチン王子と側近たちも集まっている。
おや、偽勇者一行もいるようだ。
彼らはどうやら、ムッチン王子に正式雇用されたようであるな。
「どれ」

余は目を凝らした。

会場のあちこちに、濃厚な魔力溜まりができている。

あれが罠か。

ええい、余の華麗なる作戦を邪魔しおって。

作戦の片手間に全ての罠を排除してくれる。

「いでよ四魔将、東のオロチ」

『待ち焦がれておりましたぁぁぁっ!!　魔王様ぁぁぁぁ!!』

「うむ。いよいよ貴様の出番だ。存分に暴れるが良い。幸い、人間のほとんどは壮行会に出てきているようだ。貴様は人がいなくなった建造物を破壊するが良い」

『はぁぁぁぁいっ！　わたくし、大暴れいたしますっ!!』

半人半蛇、黒髪の女が夜の街に身を躍らせた。

その姿が、一瞬で黒いシルエットになる。

そして、魔法の明かりに照らされたシルエットは膨れ上がり、巨大な白蛇のものになった。

四魔将が一角、オロチ。

生半可なドラゴンであればひとのみにしてしまう大蛇である。

真っ白な巨体が地響きを立てて、ゼニゲーバ王都に降り立った。

壮行会に集まっていた誰もが、オロチに注目する。

余は、堂々と宣言した。

「よし、始めよ！　此度《こたび》の作戦を以て、ショコラのお母さん役であるユリスティナから、不本意な婚約の呪縛を取り除く！　名付けて、婚約破棄大作戦!!」

第14話　魔王曰く、婚約破棄大作戦

『人間どもの街をー！　壊してぇ！　壊してぇ！　あはははははっ!!』

オロチ、ノリノリである。

尻尾が唸り、巨体が跳ねる。

地面が揺れ、家が崩れる。

「おいっ、おい魔王！　本当に誰もいないのだろうな!?」

「うむ。余が先ほど魔闘気で探査した結果、この辺りの住人は皆、壮行会にでかけてタダ飯を食らっておるな」

「マウー」

「ショコラ、ご飯はこの作戦が終わってからな。な」

ということで、余とユリスティナも動くことになる。

壮行会場を見下ろす建物の上を、屋根伝いに移動する。

足元では大騒ぎになっておるな。

突然現れた、白色の巨大な魔物が大暴れしているのだ。

知らぬ者が見れば、オロチはドラゴンに見えよう。

「ひい、あれはドラゴンじゃないのか!?」

「どうしていきなりドラゴンが!!」

「あっちには俺の家がー!!」

「市街区がめちゃくちゃになっていくー!!」

「あっ、ドラゴンが商店街に移動していくぞ!」

「ひええ、このままではゼニゲーバ王国の経済がー!!」

大混乱だな。

ここで、余の出番である。

この場にいる群衆の脳内に直接囁きかける。

『この場には竜殺しであるムッチン王子がいるぞ!! ムッチン王子にお任せなのだ!』

どんな喧騒であろうと、脳内に直接叩き込めばその囁きは無視できぬ。

絶対に聞こえるからな。

この場にいる全員が、一瞬静まり返った。

そして、一斉に主賓席にいるムッチン王子を振り返る。

「ひ、ひぃっ! なんだお前たち! ボクチンを見てどうするつもりだ!?」

「そうだ……!」

「そうだ、俺たちにはムッチン王子様がいるじゃないか!」

「竜殺しのムッチン！」

「ムッチン王子ー!!」

「勇者パーティに誘われてたけど、王子としての任務があるから断ったって話だ！」

「勇者に匹敵する強さを持つらしいじゃないか！」

「ムッチン王子がいれば安心だ！」

何やらとんでもない話が聞こえてきたぞ。

あの王子、自国ではそんな法螺《ほら》を吹いていたのか。

確かに、魔王軍が戦いを止めた今となっては、その法螺を検証する手段はなくなっているな。

故に、慢心していたのであろう。

ふははははは、身の程をわきまえぬ嘘をついてはいかんなあ。

「ま、待てお前たちー!?　ほ、ほら、ボクチンにも準備というものがだな。いきなり言われても大変って言うか無理って言うか」

『あーっはっはっは!!　人間どもぉ！　わたくしが喰らい尽くしてやるわよぉ!!』

オロチが大声で叫びながら、家々をなぎ倒し、壮行会場に迫ってくる。

あの言葉は紛れもない本音である。

ところで、壮行会の会場に突撃するのは段取りと違う気がするのだが？

ユリスティナは焦りに焦り、聖なるオーラをだだ漏れにして身構えている。

「ええい、まだか？　まだ行ってはならんのかザッハトール！　私は今にも飛び出したくてうずうずするぞ！」

「あと少しだ、待つがよい。少々厄介な連中も交じっているのでな」

余が目線を向けるのは会場だ。

ムッチン王子が群衆に押されて、いやいや装備を整えていく。

この後、大々的に演説などするはずだった壇上に上がり、仕方なしにオロチに挑むため、その弁舌を披露するのだろう。

だが、あの壇上が問題だ。

まさに、そこに魔法の罠が仕掛けられているのだからな。

それに、王子の手勢が立っている辺りは、どこも仕掛けられた罠の真上だ。

このままでは、ムッチン王子は死に、彼の軍勢も壊滅することだろう。

大暴れするオロチを前にしてだ。

オロチの出現は、罠を仕掛けた魔法学院側にも想定外だった。

彼らは呆然と、暴れるオロチを見上げている。

「こんなはずは……」

「今更罠を解除できないぞ」

「こんなところでムッチン王子を罠に嵌めたら、我々も全滅ではないか……！」

なに、安心せよ。

余は魔闘気を展開し、壮行会場へと広く広く延ばした。

魔闘気で魔法の罠を覆い……。

「これで罠はおしまいだな」

余は手を握りこんだ。

これに合わせて、魔闘気が罠を粉砕する。

会場のあちこちから、青い魔法の光が上がった。

罠が砕け散ったのだ。

「なんだなんだ!?」

「何が起きているんだ!?」

「し、静まれえ！　うう……仕方ない。ボクチンたちが、あのドラゴンを退治するっ！　者ども、かかれー！」

のろのろと壇上に上がった王子が、見た目だけは煌《きら》びやかな剣を抜き、オロチ目掛けて構えた。

手が震えている。

かかれ、と来たか。

とことん、前には立たぬ王子だな。

だが、普通の王族というものはそれで良い。民の上に立ち、導き、まつりごとを行う王族が前線で死んでは社会が成り立たなくなる故。

そういう男に、ユリスティナが惚れるかどうかは別だがな。

ムッチン王子の部下はやる気満々である。

一度はドラゴンを形的に退治したので、自分たちはやれると思い込んでいる。

わーっと声を上げて、オロチへと掛かっていった。

『は？　ただの人間の軍隊がわたくしに敵うつもりなの!?　馬鹿にしているわけ!?』

オロチは憤慨して、炎の鼻息を漏らす。

その鼻息で、先頭にいた兵士たちが炙られて倒れた。

オロチが鎌首をもたげると、周りの建物が崩れ、瓦礫にやられて兵士たちが倒れていく。

オロチが身じろぎすると、巻き込まれた兵士たちが吹き飛んでいった。

「うわーだめだー」

「うわーむりだー」

あっという間にほぼ全滅してしまった。

かなりの数が死んだので、余は慌てて復活魔法を使う。

オロチ、やり過ぎだぞ。

「ええい、もう私は我慢できないぞ!!」

あっ、ユリスティナが飛び出してしまった。

しまった。

段取りが！

余も急いで後を追う。

その頃には既に、ユリスティナが一人、オロチの前に立ちふさがっていた。

既に、市街地と壮行会場を隔てる建物は瓦礫となり、オロチの巨体は集まった民衆の目に晒されている。

竜殺しムッチン王子の軍勢があっけなく敗北し、当の王子は壇上で腰を抜かしている。

民衆の思いは、「もうだめだあ」であろう。

そこに、一人の雄々しき女が立ち上がったのだ。

彼女が纏う聖なるオーラが、余の掛けた幻覚魔法を粉砕する。

現れたのは、豊かな金糸の如き煌めく髪。

そして魔法の才能無き者にも視認できる、神々しい聖なるオーラ。

世界に唯一、神の祝福を受けた聖なる騎士にして勇者パーティの一人。

姫騎士ユリスティナである。

「四魔将オロチよ！　狼藉《ろうぜき》はそこまでだ！」

『ようやく出てきたわね、人間の女!!　わたくしはね！　段取りとかどうでもいいの！　魔王様に色目を使うお前さえどうにかできれば、それでいいのよ!!』

「自分のことしか見えていないのか、オロチ！　それではザッハトールは振り向かないぞ!!」

『人間の女に何が分かる!?　この泥棒猫ーっ!!　街の人間ごと喰ってやるー!!』

いかん、いかんぞオロチ。

街の人間ごと、はユリスティナに対しての禁句だぞ。

「街の人々は私が守る。来い、ジャスティカリバーッ!!」

ユリスティナが天に手をかざした。

そこに、どこからか輝きが飛来してくる。

余が作った聖剣、ジャスティカリバーだ。

えっ、その飛んでくるギミック何!?

余、そのギミック知らないんだけど。

それに、このままではユリスティナが一人でオロチを退治してしまう。

余は彼女の横に、スッと現れた。

「安心するが良い、民衆よ。竜殺しの英雄とて敵わなかったこの強大な竜は、余と聖騎士ユリスティナで倒してみせよう！　行くぞオロチよ！」

『喰ってやる、喰ってやるうううっ!!』

激怒したオロチは、完全に我を忘れているな。

大口を開けて、炎の吐息を撒き散らしながらユリスティナに迫る。

炎は街道を埋め尽くし、壮行会場へと流れ込む。

余はこれを、魔闘気を張り巡らせることでシャットアウトした。

民衆からは、紫色の光の壁が張り巡らされ、炎を防いだように見えたことだろう。

そしてユリスティナ。

もう、マッチポンプとかそういう事をすっかり忘れている彼女は、やはりマッチポンプとかそういうことを完全に忘却しているオロチに向かい、ジャスティカリバーを振り下ろした。

聖剣が炎を両断する。

さらに、聖剣を横一閃。

光の剣筋が、突進するオロチを真っ向から二枚におろした。

切断された場所から、真っ白な炎を吹き上げて、燃え上がっていくオロチ。

『ぎゃあああああ！　口惜しや！　口惜しやあああ!!　人間、人間めえええ！　必ずや蘇《よみがえ》り、今度こそ貴様を喰らってやるううう!!』

オロチ凄いなー。

実に魔族らしい魔族だ。

彼女の呪詛は、壮行会場中に響き渡った。

民衆が震え上がる。

ムッチン王子は漏らした。

そして。

「ピャアーピャアー」

あっ、怖がってショコラが泣いているではないか。

「これはいかん。オールイレイザー」

余は指を鳴らした。

そこから、魔力の波動が生まれ、オロチ目掛けて扇状に広がっていく。

魔力の波動に包まれたオロチは、次の瞬間、音も立てずに消滅した。

残した呪詛の余韻も、綺麗さっぱり消えている。

会場が静かになった。

そして、少しあって、民衆から歓声が上がる。

「うわあああああ！　やったあああああ！」

「あの方は、ユリスティナ様！」

「ユリスティナ様！　ユリスティナ様！」

「聖騎士！　聖なる乙女！」

よしよし、いい感じではないか。

ユリスティナが戸惑っている。

彼女は、民衆の目が届かぬところでいつも戦っていたのだ。

人々に知れ渡るのは、聖騎士が魔族を打ち倒したあとの伝聞。

何の見返りも求めず、ただ人々のために魔族と戦っていた女。

それがユリスティナだ。

「これは全て貴様に向けられた声だ。誇るが良い。だが、情にほだされてこの国に嫁ぐのは勘弁して欲しい」

余が囁くと、ユリスティナは少し笑った。

目尻に涙が浮かんでいる。

彼女は聖剣を掲げると、宣言した。

「私は未だ、この世界に残る魔族と戦っている。だから、ムッチン王子の思いに応えることはできない。私を迎えるということは、そのまま国を、私と魔族との戦いに巻き込むことになるからだ！」

ユリスティナの声を拡大して伝えてやる。

熱狂していた民衆の顔は、最後の彼女の一言で一斉に引きつった。

誰だって、今日のような事件に巻き込まれたくはあるまい。

「故に、ムッチン王子との婚約は辞退させてもらいたい。よろしいか、ムッチン王子」

「あ、はい」

ムッチン、即答。

現実的に考えて、一国の軍隊が歯が立たないオロチを単身で倒す女である。

一人では下等魔族のインプにすら勝てないかも知れないムッチン王子が、相手にできるものではない。

今この場で、ユリスティナとムッチン王子の婚約は破棄されたのであった。

民衆から、大歓声が上がる。

これで、ゼニゲーバ王国は、ユリスティナと魔族との戦いに巻き込まれないぞ、というニュアンスを含んだ歓声である。

黒いなあ。

そして、ショコラを抱っこしに戻る余の目の端で、一人だけ気になる男がいた。

その男は、黒いローブを着た老人で、目を見開き余を睨みつけていた。
こやつだけが、この場で唯一余を見ていたのだ。
何者であろうか。

第15話　魔王、家に着くまでが旅行と言う

「ザッハトール。かなり危ないところだったじゃないか。計画の見通しが甘かったのではないか？」

反省会である。

ユリスティナは幻覚で変装しており、黒髪の別人の姿となっている。

誰も、昨夜王都を救った彼女に気付かない。

巷では、壮行会場に現れたドラゴンと、それを倒して華麗に婚約破棄宣言をしていった、聖騎士ユリスティナの話題で持ちきりであった。

今も、我らの横に座った奥様方が、昨夜の出来事を面白おかしく語っている。

そう、我らは今、喫茶店にいる。

ゼニゲーバ王国は大変豊かな国ゆえ、茶と軽食だけしか出さない店もやっていけるのだ。

余の前には、遥か南で取れるカフェという飲み物に、山盛りの生クリームを盛ったものがある。

カフェウインナーとか言うらしい。

苦みのあるカフェがまろやかな味になり、美味である。

「聞いているのかザッハトール」

「うむ、聞いておる」

余が真面目な顔で答えると、姫騎士は呆れたような表情をした。

そして、ショコラを抱えたまま身を乗り出し、余の口元をぬぐう。

むっ、生クリームがついていたのか!!

不覚にもこのザッハトール、口回りのクリームに気付いていなかった。

なるほど、己の口元も見えぬ余が、魔将オロチの動向を完全に把握できるなど思い上がりであったかも知れぬな。

それはそうと、カフェウインナーは美味いな。

「済まぬな。余の見通しが甘かったようだ」

余が素直に謝ると、ユリスティナは目を丸くした。

そして何ともいえぬ表情をする。

「いや、結果的にお前にフォローしてもらったわけだし、私はこうして自由の身になった。私も過ぎたことを言うよりは、今こうして得た結果に礼を言いたい。ありがとう」

「マウマー」

ショコラが自己主張した。

彼女の前には、ユリスティナ用のケーキと、赤ちゃん用ミルクプリンがある。

お口の中のプリンを食べ終わったので、もう一口欲しいらしい。

「本当にショコラちゃんはよく食べるな……。ほら、あーん」

「マー」

大きくお口をあけたショコラが、匙《さじ》の上のプリンをつるりと飲み込む。

むにゃむにゃと、歯がない口で咀嚼《そしゃく》すると、ニコニコした。

ミルクプリンにご満悦であるな。

「それでだ。私はつい、ジャスティカリバーでオロチを倒してしまったが良かったのか？　あの時はそれ以外に手は無いと思って実行したのだが、今になって思えば、あれはお前の部下だろう」

「問題ない。オロチは暴走しておったからな。それに、ショコラが怖がって泣きかけたので、急いで止《や》めとばかりに消滅させたのは余だ。何、あれは余の使い魔。今頃は使い魔の控室に魂だけの状態になって帰っている」

余は山盛りクリームを掬うと、口の中に入れた。

うむ、美味い。

余の言葉に安心したのか、ユリスティナはホッとした顔でケーキを食べ始めた。

生クリームたっぷりの真っ白なケーキである。

この店は、乳製品に自信があるらしい。

しばし、もくもくと目の前のものを食べている我らの耳に、隣でぺちゃくちゃしている奥さんたちの言葉が聞こえてくる。

「それでね、ムッチン様ったら婚約破棄を受け入れたんだって！」

「夫婦になって仲良く竜殺ししたらいいのにねえ。あ、でもムッチン様は軍隊を連れてだものね」

「あー、ユリスティナ様素敵だったわ。私があと十歳若かったらファンレター出しちゃう」

「ファンレターに年は関係ないでしょ。でも本当にユリスティナ様は恰好良かったわねえ……。吟遊詩人が作った物語でも、ユリスティナ様は素敵だったけど、本物は凄すぎたわ……」

「あなた、ギャーッて言いながら胸を押さえて倒れちゃったものね」

「ハートを奪われたわ、素敵……」

「でも、ユリスティナ様とご一緒だった殿方は誰なのかしら」

「さあ……。ユリスティナ様と愛を語らった勇者ガイは、いまやホーリー王国の入り婿だものねえ」


おっ、話の雲行きが怪しい。

ユリスティナは、「うっ」と呻くと胃の辺りを押さえた。

「ザッハトール、もう出よう」

そういう事になった。


駅馬車の切符を買い、帰ることになる我らである。

ゼニゲーバの王都はたっぷりと観光した。

ユリスティナの懸念も晴れ、余は満足である。

その後、昨夜余を睨みつけていた男の接触は無かった。

あれは何者であろうな。

誰もがユリスティナに注目する中、余だけを睨んでいた。

顔見知りだったりするのだろうか。

幻覚魔法で変装していたら分からぬな。

うむ、考えるだけ無駄だ。

かくして、余は考えるのをやめた。

「さて、家に着くまでが旅行である」

余が宣言すると、ユリスティナは頷き、ショコラは馬車の中を這い這いして余の膝の上に登ってきた。

「ショコラ、旅行はどうであったかね？」

ショコラを高い高いして尋ねると、彼女は笑顔になって、キャッキャッとはしゃいだ。

ご満悦のようだ。

ブルーの赤ちゃん服を着たショコラは、大変お洒落《しゃれ》さんになっている。

ショコラのためにも、この街にやって来て良かった。

余がショコラと遊んでいると、横でユリスティナがもじもじした。

「おい、ザッハトール。そうしてショコラちゃんと遊びながらでいいから聞いてくれ」

「うむ？」

ショコラを肩車して遊んでいた余は、改まった様子の姫騎士を振り返る。

彼女はこちらを見て、一瞬言葉に詰まったようだった。

そして、意を決したように口を開く。

「お前に言われた、この間の申し出だが……。ショコラちゃんのお母さんをやらないかという話。あれは、私はまともに殿方と付き合ったこともないし、ましてや結婚や育児の経験もない……」

「うむ」

余も無い。

何もかも手探りであるからな。

だが、今は余計なことは言わぬぞ。

余は空気が読める元魔王なのだ。

「だけど、この何日かの間でショコラちゃんと過ごしてみて、私はとても満たされたのだ。叶わぬ思いにうじうじとした、この半年がなんだったのかと思うほど、気持ちが晴れやかになった。この子は私を必要としてくれている。私はショコラちゃんと一緒なら、魔王を倒して世界を救ったのに、自分だけは救えなかった私ではなく、ここにいていい私になれるのだ」

「ピャ」

余の頭をぺたぺた叩いていたショコラは、真面目な顔をしているユリスティナを見て首をかしげた。

小さな手をいっぱいに伸ばし、ユリスティナに抱っこをせがむ。

姫騎士は思わず微笑み、膝立ちになってショコラを抱き上げた。

「私は、ショコラちゃんのお母さんができるだろうか」

「やれる。他でもない、千年もの間魔界を治め、一度の不満も噴出せぬ人事を行ってきた余が言うのだ。貴様以外に、ショコラのお母さんは務まらぬ」

「そうか」

ユリスティナは、ショコラをそっと抱きしめた。

ショコラは不思議そうに、ユリスティナのほっぺたをぺたぺた触っている。

小さい指先がちょっと濡れたようだった。

よしっ。

これでショコラを育てる体制は万全である。

余とユリスティナは、全力で赤ちゃんを育てねばならぬのだ。

我らの戦いは、まだ始まったばかりだ！

第3章　魔王一家の華麗なる日常

saikyou maou no dragon akachan ikuji senki

第16話　魔王、赤ちゃんに（文字通り）羽を伸ばさせる

ベーシク村に帰ってきた翌日である。

ユリスティナはゼニゲーバ王都で買ってきた布を持って、近所の奥さんたちの集まりに出かけて行った。

ショコラの服を作るべく、縫い物を習うのだ。

「赤ちゃんはすぐに大きくなると聞いているからな。私も縫い物の技を身に付けねばならない」

「むむっ、なんという決意の表情だ。良かろう。貴様ならばその技を会得できると期待するぞ。帰ってきたら余にも教えてね」

「ああ、期待して待っているがいい。私とお前で、ショコラの服を作り、あわよくばショコラとペアルックに……ふふふふ」

ユリスティナは不敵に笑いながら家の外に出て行った。

最近あやつ、余に似てきた気がするな。

それは聖騎士としてどうであろう。

「ピョピョ」

何日かぶりの家の中で、ショコラは這い這いして回っている。

この家も、まだ馴染んだとは言い難いな。

何せ、借りてからまだ十日も経っていないのだ。

その間に、ユリスティナと再会し、狩りに行き、ゼニゲーバ王国には三日も滞在した。

故にショコラにとって、この家はまだまだ未知のもので溢れているのだ。

ふと、余は思いついた。

「そうだ、ショコラ。家の中でまで幻覚魔法を掛けられたままでは窮屈《きゅうくつ》であろう。たまには羽を伸ばすが良い」

「ピョ？」

名前を呼ばれて振り返ったショコラに、余は手を伸ばした。

「解呪する」

余が宣言すると、ショコラに掛けられた幻覚の魔法が解けた。

ショコラは普通の赤ちゃんではなく、翼と尻尾が生えたドラゴンの赤ちゃんに戻る。

ドラゴンと言っても、赤ちゃんなのでふわふわのもちもちだ。

「ピョピョー」

ショコラは元気に鳴くと、小さな翼をパタパタと動かした。

それだけでは体を浮かせられぬようなサイズの翼だが、ドラゴンは羽ばたく動作で魔力を生み出し、それによって飛ぶのだ。

ショコラの小さい体が浮かび上がった。

「いいぞいいぞ」

小さくてもちゃんと飛べるのだ。

余の膝小僧辺りの高さではあるが。

「マーウー」

ショコラはパタパタ羽ばたきながら、這い這いするくらいの速度で進み始めた。

速さもゆっくりであるな。

余は腰を屈めながら、ショコラの後ろをついていく。

さあ、空飛ぶショコラのおうちの中探検である。

先日も這い這いで移動した辺りを、今度は膝丈の高さから観察だ。

「マウマウ」

「よし、扉を開けてやろう」

寝室の扉で引っかかっていたので、余はスッと開けてやった。

寝室へとふわふわ飛びながら侵入するショコラ。

布団がたたまれたベッドへと一直線に飛ぶと、どすんと布団に突き刺さった。

布団の上に乗るには高度が足りなかったか。

「ピャ、ピャー！」

じたばた暴れながら鳴くので、お腹を摑んで布団から引っこ抜く。

「ピャ！　マーウー」

余に持たれているというのに、ショコラは飛んでいる気分である。

小さい羽をぱたぱたさせて、泳ぐように手足で空を掻く。

「よしよし、空飛ぶショコラ、発進だぞ」

余は、ショコラが望んでいるだろうなという高さまで持ち上げて、布団の上へと突き進ませる。

「キャー！」

ショコラ大喜び。

「マ！　マ！」

尻尾を撥《は》ね上げて、布団目掛けてばたばたするので、そのままお腹から軟着陸させた。

ぼふんと、布団の上で弾むショコラ。

そしてしばらく、布団の上でじたばたする。

その後、じいっと余を見上げた。

「ピャ」

「離陸か。横着しだしたな」

余は後ろから、ショコラを持ち上げた。

ショコラはもりもり手足を動かす。

尻尾もぱたぱた振る。

飛んでいるつもりらしい。

「ショコラ、羽、羽を動かすのだ」

余はショコラの羽をつんつんした。

ショコラ、ハッとする。

思い出したように、羽が動き出した。

そうだぞ。

空は手足と尻尾で泳ぐのではなく、羽で飛ぶのだ。

余はこっそりと、ショコラから手を離してみる。

すると、ショコラの高度がスーッと落ちていった。

膝くらいの高さで、ふわりと止まる。

そして、這い這いくらいの速さで進み始めた。

「うむ、やればできるではないか。だが、余は覚えたぞ。下手に手助けをすると、横着することを覚えてしまうのだな」

心のメモに記しておこう。

余とショコラは、廊下に出て、また冒険を始めた。

「マウ、マー」

「ショコラ、そっちは押入れだ」

「ピャピャ、マウー！」

「入りたいのか」

押入れを開けると、そこにショコラが飛び込んでいった。

押入れなのだから、すぐに行き止まりになる。

ごちーんと音がした。

ぶつけたな。

「ピャ」

あっ。

「ピャアーピャアー！」

泣き出した。

余はショコラを引っ張り出すと、抱っこしながら撫でたり踊ったりする。

「ショコラ、泣き止むのだー。ほれ、回復魔法だ。よし、余の面白い顔を見るが良い」

べろべろばーとかしていたら、ショコラの機嫌が直った。

よしよし。

今のはちょっとびっくりしただけであろう。

そもそも、ドラゴンの赤ちゃんが板張りの押入れに頭をぶつけて、怪我をするわけが無いのだ。

「もしや……余は過保護なのでは……？」

大変なことに気付いてしまった。

余がそんな真実に気付いて懊悩する間に、ショコラはまた廊下をぱたぱたと飛び始めていた。

「おっと、いかんいかん。目を離さぬようにせねばな」

気を取り直して、ショコラに向き直る。

すると今まさに、ショコラが羽の動きを止め、床にぽとっと落ちるところであった。

「いかん！」

余は考えるよりも先に、廊下全体に魔闘気を巡らせた。

そして背中をつけて寝そべると、魔闘気の上をするーっと移動してショコラの落下地点へと滑り込む。

間一髪、ショコラは余のお腹の上にぽとっと落ちたのだった。

「どうしたのだショコラ」

余が声を掛けると、ショコラは口をむにゅむにゅさせながら、何やら頑張っている様子。

何を頑張っているのだ？

……。

はっ。

うんちか!!

「現れよ、パズス！　緊急事態である！」

「ウキーッ！　ここに！」

余は略式魔法陣を展開し、パズスを呼んだ。

「向こうの部屋に干し終わった布おむつが置いてある。それを一枚持ってくるのだ」

「はっ、かしこまりました、ウキッ」

その間に、余は魔闘気を延ばしてたらいを用意し、水作成の魔法で水を生み出す。

水は炎の魔法で一旦沸騰させ、氷の魔法を放り込んで湯冷ましにする。

これに持ってきた布を浸し、準備完了である。

余のお腹の上で頑張っているショコラを、そろーっと床の上に下ろす。

果たして、おむつを展開してみると、見事なものであった。

「これは凄い」

「魔王様、おむつを持ってきました！」

「でかしたぞパズス」

余はおむつを受け取ると、まずはショコラのお尻を拭くことにした。

ふむ。

尻尾が邪魔であるな。

人間の姿に変えておこう。

余が幻覚魔法を使ったその時。

「こんにちは！　ザッハさんいるかしら」

あの声は、村長の奥さん！

なんというタイミングでやって来るのだ。

危うくドラゴン赤ちゃん状態のショコラを見られるところだった。

奥さんは、真面目な顔でショコラのお尻を拭いている余を見て、まあ、と言った。

「廊下でうんちしちゃったのね」

「うむ。元気なもので、家中を動き回っている」

汚れたおむつは、パズスが庭に持っていって、井戸水をくみ上げてからジャブジャブ洗う。

奥さんはそれを、賢いお猿さんねえ、と見ていたが、すぐにここへやって来た目的を思い出したようだった。

「そうだ。私はザッハさんとショコラちゃんをお誘いに来たのよ」

「お誘いとな？」

おむつを替え終わり、すっかりご機嫌になったショコラ。

余に抱っこされ、キャッキャ言っている。

「ショコラちゃん元気でしょう？　村の子どもたちも、元気な子が多いのよ。だからね、農作業の合間に子どもを集めてみんなで遊ばせてるの」

「おお、この間の……」

狩りの時、ショコラを預かってもらったあれである。

「今度はザッハさんも来てみない？　ショコラちゃんのお友達を作りましょう」

なるほど、それはいいな。

願ってもないお誘いである。

第17話　魔王、子ども園デビューする

村長の奥さんに連れられ、余はショコラを抱っこして移動するのである。

後ろをひょこひょことパズスが歩いてくる。

ショコラのおむつ関連の洗い物は既に終了していた。

余とパズスの分担作業により、汚れたおむつは早急に洗濯され、今は軒先に干してある。

廊下の水気も拭き取り済みである。

いつユリスティナが帰ってきても問題ない。

「ザッハさん、主夫力高いわよねえ。うちの旦那なんか、尻を叩いても洗濯一つまともにできやしないのに」

「フフフ、赤ちゃんを世話する者として、一通りはできねばならぬからな。だが、これらの技も全て村の奥さんたちに習ったのだ」

この村に来たばかりの時、余は洗濯はおろか、衣類の折りたたみもよくできなかった。

これらの技術を、村の奥さんたちとの付き合いの中で素早く吸収したのである。

千年間魔王を続けてきた中で、磨きぬかれた状況判断能力、対応力があったお陰だ。

「マーウマウ」

ショコラが余に向かって何か言っている。

赤ちゃん語は相変わらず分からぬが、顔を見ればショコラの気持ちは分かる。

「うむ。やはり散歩は屋内よりも外に限るな」

「ピャ！」

ご機嫌なショコラとともに、訪れたのは村の突き当たり。

そこにそこそこ大きな建物があり、ここで子どもを預かっているということだった。

管理運営は、村の奥さんたちが当番制で行っている。

「ザッハさん連れてきたわよー」

村長の奥さんが声を掛けると、中にいた奥さんたちが「キャーッ」と盛り上がった。

なんであろうか。

余は知っているぞ。

これ、黄色い歓声というやつだ。

「ザッハさん、うちの村の女衆から人気があるのよ？　狩りで大きな鹿を、矢を手で投げつけて狩ったそうじゃない。それに男衆と違っておしゃべりも楽しいし、話が合うし」

「ははは、恋バナのことか。あれは余の趣味であるからな。弓矢に関しては許せ。魔法が掛からぬ弓には疎くてな。手で投げた方が早かった。少々趣に欠けたな」

その点に関しては、反省することしきりである。

さて、余は奥さんたちに迎えられながら、建物に入った。

ここは、子ども園と村で名づけられた施設なのだそうだ。

建物の前には大きな庭があり、丸太を削って作った、てこの原理で動く遊具や、砂場がある。

そこでは五人ほどの子どもたちが遊んでいた。

パズスはそこに、子どもたちの歓声を受けて迎えられた。

このお猿さん、先日我らが狩りに行っている間に、子どもたちから絶大な支持を得るまでになっていたようだ。

「子どもを一箇所に集めて守ろうって話でね。昼間、親が仕事に出てる間、手伝いできないくらい小さい子どもはここでまとめて預かるのよ」

「ほう！　なるほど、これほど子どもがいるならば、ショコラの友達もできるかも知れぬな」

赤ちゃんたちが集まっているところがあったので、余はそこでショコラを持ち上げた。

「よし、ショコラ。貴様を解放する……」

「ピャ！」

床に下ろされて、ショコラは気合の入った鳴き声をあげた。

ここは、赤ちゃんたちがめいめいに遊んでいる場所だ。

その数はショコラを入れて六人。

ここを担当する奥さんは二人で、外の担当は一人。

預かる時間は、昼過ぎまで。

今日は、外にパズスも加わるので、担当の奥さんはさぞ、楽であろう。

「マウマー！」

「あぶぶー」

「んまー」

ショコラが這い這いしながら、赤ちゃんたちの中に入っていく。

どの赤ちゃんも、余とショコラが今の家に来た時の歓迎会で、親に連れてこられた赤ちゃんばかりだ。

皆、顔見知りである。

六人の赤ちゃんは、赤ちゃん語で会話しつつ何やらおもちゃをやり取りし始めた。

赤ちゃんも六人寄れば社会が生まれるのである。

若い奥さんが、ショコラちゃんは大人気ねえ」

「あらあら、ショコラちゃんは大人気ねえ」

「ザッハさんに似て、みんなから慕われるのかも」

そう言ってちらっと余を見る、年かさの奥さん。

「うむ。仲良きことは美しいのである」

余は頷きながら、奥さんたちのさりげないアプローチをスルーした。

そういうのは後からドロドロするからいけないのだぞ？

余は人間社会の恋バナを研究しているから詳しいのだ。

何度か、奥さんたちからのアプローチを回避しつつ、赤ちゃん社会を見学する余である。

赤ちゃんは、男の子が二人と女の子が四人。

まだ分別がついてない年頃だから、この年齢で性別の違いは関係あるまい。

男の子は、手にした積み木をあむっと食べた。

それを見て、女の子が三角形の積み木を食べる。

その形は危なそうである。

「あ、危ない危ない」

慌てて奥さんの一人が駆け寄って、それを止めた。

止められた女の赤ちゃんが、ぴゃーぴゃー泣き出す。

おお、泣くのが連鎖し始めるぞ。

六人中、四人の赤ちゃんが泣き出した。

これは大変である。

「ほんと、目を離すと赤ちゃんって何でも食べるでしょう？　こうしてみんなで見てても、年に何人かは誤飲で赤ちゃんが死んでしまうの。もう、気が気じゃなくって」

ベーシク村の子どもの数は多い。

村民人口三百人ほどで、そのうちの四割が成人していない子どもなのである。

それでも、疫病やら何やらで子どもたちのうち少なからぬ数は大人になれずに死ぬのだ。

「子どもは天からの授かりものだからね。年が七つを過ぎるまでは、神様がきまぐれで連れて行ってしまうって言われてるの」
ベーシク村の子どもは、七つまでは適当な名前を付けられて過ごす。
そして、七歳になった時、初めて人間としての名前を貰うのだそうである。
その中で、最初から名前があるショコラは大層珍しいらしい。
なるほど、それで村の者は皆、ショコラちゃんショコラちゃんと持ち上げるのか。
「ピョ、マウー」
「あば、あぶー」
二人だけ泣いていなかったショコラと、女の赤ちゃんが、何やらお喋りしている。
二人は一緒に積み木が入った籠《かご》から、四角い形の木を取り出す。
いや、女の赤ちゃんはまだあまり握力が無いのであろう。
摑んでは、ぽとっと落とす。
ショコラはパワフルなので、スッ、スッ、と次々に積み木を取り出していく。
この様子を、目を丸くして見つめる赤ちゃん。
そして、「ぴゃあ!」とよだれを垂らしながら喜んだ。
ショコラはちょっとドヤ顔で、「マー」と笑う。
うーむ。
社会の縮図である。
赤ちゃん社会、恐るべし……!!

余は、泣いている赤ちゃん二人をあやしながら、未知の世界を垣間見た興奮に震えたのである。

女の赤ちゃん二人は、すっかり泣き止んでいた。

一人ずつ片手で抱っこしているように見えるが、実は魔闘気で補助しているのだ。

安定感は抜群。

抱っこ時のホールド感と触感の快適さも、魔闘気を使って表現している。

これで赤ちゃんに与える安心感もばっちりである。

「ザッハさんお上手」

「すっかり赤ちゃんあやしの達人ね！」

「ふふふ、貴様らからの教えがあったからこそである。まずはこの技を開発した先人に敬意を。そして賛辞をありがとう」

余と奥さんたちが、ぐははは、うふふ、おほほと笑っていると、背後から足音が聞こえた。

階段を下りてくる音だ。

「あれ？　ザッハトー……じゃない。ザッハじゃないか。どうしてここに？」

ユリスティナがそこにはいた。

彼女の手に握られているのは、布を張り合わせて作った野趣溢れる小さな衣装。

ほう、この上の階が、ユリスティナが向かった縫い物教室であったのか。

第18話　魔王、ブラスコの息子と会う

今日ユリスティナが作ったという、ショコラのお洋服を手に取り、余は仔細にチェックした。

「なかなかイカスお洋服ではないか」

一見して、無骨な貫頭衣に見える。

だが、この縫い目の強固さを見よ。

まるで防具のようだ。

この幾重にも重ねられた布地の厚みを見よ。

生半可な刃であれば通らぬであろう。

それは、実に優れた性能を持つ布の鎧……クロースアーマーだった。

「これは防御力が高そうだ」

「ああ。だが、赤ちゃんの洋服に防御力はそれほどいらないらしい……」

散々、上の階の縫い物教室で突っ込まれたのだろう。

ユリスティナがしょんぼりとした。

聖騎士ユリスティナ手製の洋服ということで、興味をいだいた奥さんたちが見に来た。

そして、「あっ」という顔をすると、静かに引っ込んでいく。

「うーん、私の感性は変なのだろうか……」

「いやいや、貴様はつい先日まで常在戦場の心持ちで生きていたであろうが。まだ心が戦場から帰ってきておらぬのだ。ゆっくりと皆のようなやり方に合わせていけば良い」

「そうか、そうだな……。よし、次は張り合わせる布を一枚減らしてみよう」

「いいぞいいぞ」

余はユリスティナの挑戦を応援した。

「マーウー！」

ユリスティナの登場に気付き、ショコラが全力で這い這いして来た。

「おおー、ショコラー！」

ショコラを迎えて抱き上げるユリスティナ。

余は、ユリスティナが作った服を構えつつ、ショコラにあてがっては「むむむ」と頷いた。

サイズ的には少し大きいようだな。

だが、これならドラゴン状態のショコラでも身につけられるだろう。

実は先見の明に基づいた縫い物なのではないか。

「あらショコラちゃん、お父さんとお母さんが揃ったねえ」

「ザッハさん、ユリスティナ様、そろそろお帰りですか？」

「うむ、そう言えばそうである。帰ろう」

「そうだな。帰るとしよう」

「ピャ」

我らがこども園を出ると、ちょうど畑仕事を終えた親たちが迎えに来たところである。

ここで余は、見慣れた顔を見つける。

「ブラスコではないか」

「あっ、ザッハさんじゃねえか」

門番のブラスコだった。

彼は、次男と長女をここに預けているのだとか。

「それが貴様の息子か」

「おう、長男のチリーノだ。チリーノ、ザッハさんに挨拶しろ」

「こんにちは」

チリーノは、茶色い髪を短く刈った、気の強そうな男の子だった。

七歳だとか。

「うむ、こんにちは」

「こんにちは」

余とユリスティナが挨拶を返すと、彼はちょっと気圧《けお》されたように後ろに下がった。

「と、父ちゃん、この人たち、なんか普通じゃねえ……！」

おっ、鋭いな。

余には、この子どもが余の魔闘気と、ユリスティナの聖なるオーラを感じ取ったのが分かった。

年が年ならば、勇者パーティに選抜していただろう。

才能のある子どもだ。

だが、それも平和な時代には宝の持ち腐れである。

彼の頭を、ブラスコのげんこつが見舞った。

「いてっ！」

「こらっ、失礼だろ？　ザッハさんはオルド村からどうにか逃げて来たんだぞ。それに、ユリスティナ様は聖女様だぞ！」

「ええー……。俺、父ちゃんが平気な顔してるのが分かんねえ……」

警戒の色を隠さないチリーノだが、ユリスティナが抱っこしたショコラだけは別なようだった。

ご機嫌で、「ピャピャー」とはしゃぐ赤ちゃんに、ちょっと不思議そうな目を向けた。

「あれ？　赤ちゃんがさっき、変な動物に見えたような」

余がショコラに掛けた幻術は、小さい子どもには通じないことがある。

チリーノは、幻術を見破れるギリギリの年なのだろう。

こども園の入口で話していると、ブラスコの息子と娘が、奥さんたちに連れられてきた。

「おーい、こっちだー！」

「にいちゃーん、とうちゃーん」

「にいたん、とーたん」

まだ名付けを受ける前の二人なので、正式な名前はない。

ちびっこたちは、チリーノとブラスコと手をつなぐ。

「ブラスコ、貴様の子どもとショコラは、年が近いのだな」

「そうなんだよ。まあ、うちはなんとか赤ん坊の時期を抜けられたよ。あとは二人とも七つになってくれるのを祈るだけだ」

「なに、平和な時代になったのだ。戦時よりは子どもは育つであろう」

「だよなあ。本当にいい時代になったぜ……」

我らがそのような話をしている間に、ショコラとブラスコの子どもたちが邂逅していた。

「赤ちゃんだー」

「変なのー。羽生えてるー」

「ぷにぷにー」

「マーウ、マーウ」

ユリスティナがしゃがんでいるから、子どもたちも手が届く。

二人ともショコラが伸ばす手を、触ったりつついたりしている。

この世代の子どもたちは、ドラゴンの子どもと過ごすことになるだろう。

大人になれば、今の世代が知らぬような世界になっていくかも知れんな。

「こらっ、お前たち、羽に触ったらだめだろ」

チリーノが、弟と妹がいたずらしそうになるのを止めている。

ほう、いいお兄ちゃんではないか。

「貴様ら、ショコラと遊びたいのか？」

余が尋ねると、ちびっこどもはコクコク頷いた。

「よし、今度、我が家に遊びに来るがよい。余が手ずから出迎えてやろう……！」

「いいのー!?」

「いのー」

「こら、お前たち……」

「チリーノも来るが良い。余が見る所、貴様は才能がある。その才能を遊ばせておく気がないのならば来るが良い」

「ザッハ。お前、またろくでもない事を考えているのでは……？　あ、ああ、ブラスコ殿。ザッハがこう言っているが、お子たちを我が家に招いていいものか？」

ユリスティナに言われて、ブラスコは目に見えてかしこまった。

「あ、はあ。もう、そりゃあ、もちろん。聖騎士ユリスティナ様のお住まいともなれば！」

むむむ、聖騎士の人徳、強い。

一国の王女でもある以上、世界一影響力がある娘かも知れぬな、こやつ。

いやいや、余だって魔王ザッハトールの本性を現せば……。

あ、いかん。

村がパニックになる。

冷静になれ、余。

余は深呼吸すると、冷静になった。

「では決まりだな。近く、我らの家にあそびに来るが良い。ちょうど、ショコラと年の近い友人が必要であると思っていたところだ」

余の言葉を聞くと、ブラスコの子チリーノは緊張に満ちた表情をした。

なんだその顔は。

まるで伏魔殿《ふくまでん》にでも行くような顔をして。

第19話　魔王、子どもたちを出迎える……ついでに刺客を倒す

いそいそと動き回り、廊下を掃除するユリスティナ。

何を浮かれているのだ。

一国の王女たるもの、もっとどっしりと構えているべきである。

余は彼女の働きを見ながら、肩を竦めた。

「ユリスティナ、見よ。ホストとはこのように悠然と客を待つものである」

「ザッハトール、そこまで派手に居間を飾り付けなくても。それに、その料理の数々は何だ……!?

妙に気合が入っているではないか」

卓上には、今も魔法の炎に炙られ、コトコトと音を立てる蓋付き鍋。

揚げたての状態を維持しながら、保温魔法に包まれるフライドチキン群。

「ククク、貴様が縫い物を習う中、余も奥さんたちに料理を習っておってな……!!　魔王の力を以てすれば、この程度の料理、容易《たやす》いものよ……！」

「さっき油が跳ねて『あつい！』って言ってなかったか？」

「言ってない」

油が余の予測を超えて襲いかかってきただけである。

熱くなんて無い。

「ピョピョー」

「あ、ショコラ、まだチキンは熱いからだめであるぞ」

「マーウー」

余が抱っこすると、ショコラは腕の中でじたばたと暴れた。

ちゃんと、赤ちゃん用のチキンを用意してあるのだ。

ほどよい味にした、ほぐしチキンがな。

「よし、こんなところか。見ろ、ザッハトール、この廊下の輝きを」

「ほう……!!　廊下が陽の光に照り輝いている。恐るべきお掃除の腕よ」

余とユリスティナは、不敵に笑いあった。

その時である。

扉が遠慮がちに、コンコン、とノックされた。

「どうぞー」

余とユリスティナの声が重なる。

おずおずと入ってきたのは、ブラスコの長男チリーノ。

そして、彼の弟と妹が「わーい」「こんにちはー」と言いながら入ってくる。

その後ろからは、ブラスコの妻アイーダ。

「お邪魔するよ。ほら、チリーノ！　挨拶《あいさつ》しな！」

「こ、こんにちは……！」

「うむ、こんにちは……!!」

余はショコラを抱っこしながら、挨拶を返す。

チリーノはびくっとした。

「こんにちは。さあみんな、入っていいぞ。靴は脱ぐんだぞ」

「えー、おうちはくつ、はいたままじゃないのー」

「ないのー」

ユリスティナが屈んで、小さき人々に目線を合わせている。

頬が緩んでいるな。

「安心するんだ。この家は、靴なしで歩けるようにしっかりと床や廊下を磨いてあるからな」

「はーい！」

「はーい」

小さき人々は、ぽいぽいっと靴を脱ぎ散らかすと「わーい！」「わいー」と廊下に上がっていった。

アイーダが、「こら、靴を片付けな！」と怒る。

「まあまあ、アイーダ。良いではないか。ところで、ブラスコは来なかったのか？」

「ああ、うちの旦那なら、真面目に門番さ。今日くらい他の村人に代わってもらやいいのにねえ」

ブラスコは、本来はベーシク村を治める、この地方の領主から派遣された兵士だ。

だが、領主の土地は遠く、さらに魔王軍によって荒らされてしまったため、兵士を通わせる余裕がない。

そのため、ブラスコが村に駐在する兵士として門番を務めているのだ。

「勤勉な男だ。どれ、パズスに差し入れを持って行かせよう。行け、パズス」

「ウキキーィ」

紫のお猿が出現し、チキンをちょうどいい量だけバスケットに詰め、頭の上に載せた。

余に向かって、シュビっと敬礼すると、パズスは村の入口まで歩いて行ったのだった。

「よく訓練された猿だねえ……」

感心しながら見送るアイーダ。

パズスが歩いていくと、あちこちから子どもたちが出てきて、声を掛けていく。

あのお猿、すっかり子どもたちのカリスマになって来ておるな。

「ピャー！　マウマーウ！」

「おお、そうであったな。よし、行くぞショコラ。今日はたっぷり遊ぶのだ」

「キャー！」

大喜びのショコラ。

余は彼女を、廊下の上に解放する。

ユリスティナ謹製《きんせい》の無骨なベビー服に身を包んだショコラは、猛然と這い這いを開始する。

「あ、危ない危ない」

チリーノが慌てて、ショコラを追いかけていく。

うむ、ショコラは勢いは凄いが、方向転換が苦手だからな。

這い這いしながら壁に向かって突っ込んで行ったりする。

危うく衝突というところで、チリーノがショコラを抱き上げた。

「マウー」

わさわさと動くショコラ。

チリーノはそっとしゃがみ込むと、ショコラを居間に一直線になるよう巧みに配置した。

「キャー！」

猛然と這い這いを再開するショコラ。

「あかちゃんきたー！」

「たー！」

小さき人々がショコラを迎える。

「マーウー！」

パーティの開始である。

ユリスティナがホストを務め、ショコラにご飯を食べさせつつお料理の説明などしている。

子どもたちはフリーダムだ。

説明も聞かず、大はしゃぎで料理を摑んで食べる。

そして怒るアイーダという図である。

「うう……」

一人、落ち着かない様子のチリーノ。

余は彼の隣に腰掛けた。

ビクッとするチリーノ。

「どうした？　貴様も料理を食べるがいい。余の自信作であるぞ」

「えっ……!?　あ、あれ、ザッハさんが作ったんですか」

「うむ。意外か？　貴様、余の魔闘気を感じ取れているようだな。このような禍々しい気を放つ存在が、地域の奥さんたちにお料理を習うことはおかしいと思うか？」

「あ、いや、うん。変じゃない、けど……。魔闘気……？」

「貴様が余に覚える感覚は正しい。だが、安心せよ。戦いは終わり、人も魔も戦う必要はなくなったのだ。見よ、ショコラと小さき人々が遊んでいるであろう」

ちょこんと座ったショコラが、小さき人々に手のひらを合わせる遊びを習っている。

ぎゅっと手を握って、開いて、向かい合った相手と手のひらを合わせるのだ。

ショコラは「ピャピャー！」と大喜びである。

うむ、やはり、仲間がいるというのは良いことだな。

「……ドラゴン……？」

「やはり見えておるか。だが、ドラゴンも人も無い。小さき人々はショコラと仲良くしておるし、ショコラも喜んでいる」

「うん。あいつら、ドラゴンだって分かんないのかな」

「余が掛けた幻覚魔法は、幼い子どもには通じぬことがあるようだ。見えてはいるのだろうよ。だが、貴様にはショコラが危険な存在に見えるか？」

「見えない……。っていうか、可愛いと思う」

「そうであろうそうであろう」

余はニヤリと笑った。

チリーノがびくっとする。

ふむ、怖がりな子どもであるな。

だが、才能がある子どもだ。

育て上げれば、ショコラの良き理解者で協力者となるであろう。

さて、どのように育てていくべきか。

思考を巡らせる余であったが、その頭の中にパズスからの念話が届いてきたのである。

『魔王様！　なんか村の周りを兵士みたいなのが取り囲んでますけど』

『ほう。敵意はあるのか？』

『へえ。どうします？』

『ブラスコを危険に晒してはならんぞ。チャチャッと殲滅《せんめつ》せよ』

『ウキキッ！　かしこまり！』

パズスの返事が聞こえると同時に、村の外で爆発音が響き始めた。

「うわっ!?」

チリーノがびっくりして立ち上がる。

アイーダも不安げに、小さき人々を抱き寄せている。

「なに、心配することはない。ブラスコは余のお猿が守っているからな。大した事ではない。ああ、ユリスティナ立ち上がるな。聖剣を呼ぶな。聖なるオーラを纏うな。貴様が出るほどの状況ではない」

「むっ」

断続的に爆発音がした後、すぐに静かになった。

外からは、ざわざわという村人たちの声が聞こえてくる。

「一体全体、何があったって言うんだい……」

「アイーダ。心配なら見てくるがいい」

「ああ、そうさせてもらうよ。うちの旦那、無茶してなけりゃいいけど」

「よし、私も一緒に行こう」

ということで、アイーダとユリスティナが状況を確認しに立ち去った。

ユリスティナは、何が起こったのかは把握しているだろう。

状況はとっくに収束し、安全になったことも理解している。

だが、念の為というやつであろう。

「さて、小さき人々よ。恐れることはない。余が今からちょっとした余興を見せてやろう。機嫌を直すが良い……‼」

余は立ち上がると、小さき人々に向けて手のひらをかざした。

放つのは浮遊の魔法。

アイーダが戻ってくるまで、居間は不思議なふわふわ空間となるのだ。

「浮いたー！」

「ふわふわー！」

「う、うわー⁉」

ブラスコの子どもたちが騒ぐ中、ショコラは得意げな顔で、ふわふわと浮いているのだった。

そして……。

ショコラがうーん、と頑張ると、その背中がぼんやりと光る。

おっ⁉

「マーウ！」

赤ちゃん姿のショコラの背中に、ポンっという音とともにドラゴンの翼が生えたのだった。

なん……だと……？

第20話　魔王、パーティの続きを始める

外からアイーダとユリスティナが帰ってくる音がしたので、余は魔法を解いたのである。

小さき人々は、興奮で頬を真っ赤にし、余に駆け寄ってくる。

「すごいすごい！　とんじゃった！　なにしたの!?」

「まほう？　まほう？」

「グハハハハ！　その通り！　余の魔法である……!!　大人には秘密だよ……！　魔法の効果が無くなってしまう故な」

小さき人々はコクコクと頷く。

チリーノもまた、びっくりはしたものの顔が赤くなっている。

興奮したようだ。

子どもは空を飛ぶのが好きなのだ。

これは余が千年間魔界の子どもをリサーチしたデータなのである。

「すごい……けど……。これってどういう魔法なんだ？　っていうか、こんなにすごい魔法を使えるなら、勇者パーティに入ってたら良かったのに」

初回版限定
封入
購入者特典

特別書き下ろし。
ショコラの食いしん坊
ばんざい！

※『最強魔王のドラゴン赤ちゃん育児戦記』をお読みになったあと
にご覧ください。

EARTH STAR
NOVEL

「マウマウ！」

今日も元気なショコラである。

朝食のスクランブルエッグを、ユリスティナに食べさせてもらってご機嫌。

何でも食べるので、食事を要する側としても嬉しいことこの上ないな。

おっ、今度はパンを食べるか。

「マー」

大きくお口を開けて、がぶりだ。

「うーむ、なんたる貫禄であるか。これは、将来絶対に大物になる……」

「大物はどうかと思うが、これだけたくさん食べているんだ。ショコラはすぐに大きくなりそうだな。あっという間にお姉さんだ」

「ピョ？」

ショコラが不思議そうに、余とユリスティナを見た。


お口の周りと赤ちゃんエプロンが、食べかすで汚れている。

余はちょっと身を乗り出して、口周りを拭いてやった。

「ピャー」

ショコラが嫌がる。

だが、レディがお口の周りに食べかすをつけていてはいかんぞ。

一通り朝ごはんが終わり、食後のデザートとなった。

これなるは、余が腕によりをかけて作り上げたヨーグルトである。

遠路はるばる瞬間移動し、入手してきた砂糖を使ってある。

「マウマー！」

甘いヨーグルトの登場に、ショコラは大いに盛り上がる。

だが、今回の彼女は一味違った。

いつものショコラなら、余かユリスティナの隣に座り、食べさせてもらうのが常。

今日のショコラはユリスティナ目掛けて、パッとその小さなお手々を差し出したのだ。

「な……なん、だと……!? ザッハトール、これは一体……？」

「うむ、まさか……。もしやと思うが、ショコラは自分で匙を握って、ヨーグルトを食べる気では？」

「自分の手で!?」

衝撃を受ける、余とユリスティナ。

これはまさか、親離れの始まりというものだろうか。

バカな、早すぎる。

そう言えば、こども園のお母さんたちが、「早い子は、もう自分でおやつを食べられるようになってるの」と言っていたな。

こども園のおやつは、基本的に手掴みでいけるものばかりだから、赤ちゃんであっても問題ない。

だが、匙が必要なものを自ら食することができる赤ちゃんが、存在しているとは……。

ショコラは、その赤ちゃんに影響されたのであろう。

「マーウー！」

早く匙をちょうだい、とばかりに声を発するショコラ。

果たして、彼女はこれを扱うことができるのか？

余はユリスティナと顔を見合わせ……。

そして、匙を我らが赤ちゃん、ショコラに託すこととした。

むんず、と匙を握りしめるショコラ。

まるで、戦場にて強く武器を掴む戦士のようだ。

柄が下で、匙の部分が上になってしまっているが。

「ピャー！」

ショコラは勇ましく掛け声を上げ、ヨーグルトへと突撃する。

翻された匙は、真っ白くぷるぷるの表面に突き刺さり……。

次の瞬間、ぽーん、とヨーグルトの塊が宙を舞った。

「あー」

「残念……！」

空を飛ぶヨーグルトが、ショコラの頭の上に浮遊する。

このままでは落下するところを、余が魔法でキャッチしたのだ。

匙を突き立てる勢いとパワーが強すぎたのだな。

だが、何事にも本気と全力で立ち向かうショコラの姿、余は見させてもらったぞ。

感動した。

「……マウー」

ショコラはそっと、匙を置いた。

両手を膝の上に添え、あーんとお口を開ける。

今日の彼女の挑戦は終わったのだ。

今はただ、ヨーグルトを食するのみ。

余はショコラの頭上にあるヨーグルトを、一瞬で皿の上に転移させた。

「ショコラ、あーん」

「マー」

大きくお口を開けたショコラに、余はヨーグルトを差し出した。

ぱくりと食いつき、もにゅもにゅと噛みしめるショコラ。

「マウ！」

彼女は一声、満足そうに告げたのだった。

チリーノが鋭い疑問を投げかけてきた。

いいぞいいぞ。

余は頭がいい子は大好きだぞ。

だが、世の中突っ込んではいけない疑問というものはある。

「余は、勇者パーティを陰から支援しておったのだよ。表立ってできぬ理由があってな」

嘘はついていない。

いや、余ほど勇者パーティを強力に支援した者はおらぬであろう。

事実、魔王が倒され、魔と人の間の戦いが終結したのは、余の働きによるものだと言って過言ではあるまい。

始めたのも余だけどね。

「そ、そっか……。つまりザッハさんって、陰の勇者だったんだな……！」

おや？

チリーノの目から疑念の色が消えていく。

何やら、余を尊敬するような眼差しになりつつあるではないか。

この年頃の男の子にとって、正義の勇者パーティを陰ながら助ける謎の助っ人というキャラは、琴線に触れるものであったようだ。

「広い意味ではその通りである。故にチリーノ、貴様は余を警戒する必要などないのだぞ」

余は優しく微笑んだ。

この笑顔の前では、魔王軍の並み居る幹部たちですら冷や汗を流し、直立不動になるという癒しのスマイルである。

ほれ見ろ、チリーノも釣られて笑っておる。

「ピャー！」

そこへ、未だに空をパタパタ飛んでいるショコラが飛び込んできた。

余はスッとショコラの羽を幻で隠す。

アイーダが帰ってきたのはちょうどその時だった。

「何にも無かったみたいだねえ？　旦那も無事だったし、お猿さんからチキンをもらってのんきにパクついてたよ」

「ブラスコ殿に何もなくて良かったではありませんか。しかし、お二人は夫婦仲もよろしいようでうらやましいです」

「そうかい？　ユリスティィナ様だって、ザッハさんとお似合いだと思うけどね？　ショコラちゃんも可愛いし、いい家族になると思うよ？」

「むっ、それは……」

ユリスティィナが複雑そうな顔をしておるな。

魔王と聖騎士がお似合いだというのは、余としてもどうなのかなーとは思う。

だが、まあそう見られているならそれで良いのだ。

「重要なのはショコラをどう育てるかであるからな」

「マウー！」

ショコラがよだれを垂らしながら、余の腕をバンバン叩いてはしゃいだ。

そして、パーティは再開となった。

小さき人々はショコラを交えてわいわいと遊び、余が用意した食事も大いに食べて飲んだ。

チリーノの妹などはお姉ちゃん気分になり、ショコラを小さい膝の上に乗せて、赤ちゃん用チキンなど食べさせているではないか。

ショコラは何でも大変よく食べるので、食べさせる側としてもやりがいがあるぞ。

「ショコラたん、いっぱいたべうー」

「ピャ、ピャ！」

チリーノの妹が大喜びである。

末っ子である彼女は、より小さき人がいるのが嬉しいのであろう。

一方、ユリスティナはアイーダと話し込んでいる。

どうやら縫い物について相談しているようだ。

「ユリスティナ様はあれだろう？　形を整えて縫い上げるのは苦手だけど、刺繍《ししゅう》の腕前は凄いじゃないかい。得意な方から伸ばしていけばいいんじゃないのかい？」

なにっ。

ユリスティナは刺繍が得意なのか！

意外な特技である。

「刺繍は王女の嗜みとして学んだのです。教養の一環であり、古き伝説を貴き血を持つ者が縫いこんで行く。これによって、ホーリー王国の伝承は語り継がれるのだそうです。だが、今の私はショコラのお洋服が作りたい……！」

「仕方ないねえ。ユリスティナ様には、基礎の基礎から教えていかないとね！　戦に使うような無骨なしつらえは必要ないのさ。刺繍で針と糸を使う基本はできているから、すぐに上手くなると思うよ。あたしの手が空いたら、このアイーダの技をたっぷり教えてあげるよ！」

「おお……!!　感謝します!!」

ユリスティナは、村の奥さんたちと話す時に敬語になるのだな。

さて、この間に、余はパズスから報告を受けるとしよう。

ユリスティナたちと共に戻ってきたパズスは、チリーノの弟と遊びつつ、念話で余に言葉を伝えてくる。

『魔王様、どうやら人間の傭兵みたいですねえ。どこの息が掛かってるとか、そういうのは分からないようになってたんで、こりゃベーシク村を狙った陰謀が動いてますぜ、ウキキッ』

『ほう？　余が住まうこのベーシク村を狙う、とな？　何者かは知らぬが、今やベーシク村の守りは魔王城のそれと変わらぬ。勇者パーティ無くば我が城に近づくことすらできなかった者たちが、この村をどうにかしようなどとは笑止千万よ』

『そうですなあ。んで、一応魔法を遠隔砲撃してですね、中級爆裂魔法で一掃しておいたんですけど……ここ、めちゃくちゃ静かな村でしょう？　おいらもびっくりするくらい響きまして、ウキッ』

『うむ。余もちょっとびっくりした。これは、静かに対象をお掃除できる魔法を開発せねばなるまいな』

『それがいいと思いやす！　後ですね、おいらだけだとさすがに手が足りないので、他の魔将もそろそろ出動をお願いしたいんですが……。いや、おいらが村を歩くと、子どもたちが遊ぼう遊ぼうって誘ってくるので』

『確かに。貴様があまりにも何でもできて便利なので、色々お願いしてしまっていたな。よし、氷の騎士《ブリザード》と炎の騎士《フレイム》も呼び出しておくか』

氷の騎士と炎の騎士は、二体で一対《つい》の魔将である。

なので、四魔将はよく、五人揃って四魔将などと呼ばれる。

こやつらは余の言うことを大変よく聞くので、オロチのような暴走事故は起こすまい。

思案する余の裾を、ちょいちょい、とつつく者があった。

チリーノである。

「あの、ザッハさん」

何やら、決意したような顔をしている。

「何かね、チリーノ」

「俺に……俺に魔法を教えてくれないか？　俺、強くなって、父ちゃんの手伝いをしたいんだ！」

七歳の少年が、魔王に弟子入り志願なのであった。

第21話　魔王、弟子を取る

チリーノが熱心に頼んでくるので、余は彼を弟子にすることにした。

弟子と言っても大したものではない。

魔法の基本を教え、魔法という大いなる力についてくる責任や、行使する際に必要な自制心といったものを伝えるのだ。

この話をしたら、ユリスティナは難しい顔をした。

「えっ、魔王の弟子が？　新しい魔王になったりしないだろうな？」

「村の子どもであるぞ。大丈夫であろう。多分」

ユリスティナは、頼りないなあ、とでも言いたげに余を見た後、パズスを手招きした。

姫騎士とお猿が、内緒話をしている。

大方、余が子どもたちを変な方向に導かないよう、見張っていてくれという頼みであろう。

気のいいお猿さんとなっているパズスは、「合点承知、ウキッ」と安請けあいした。

そして、余はショコラをユリスティナに預け、チリーノと約束した村の裏の森にやって来たのである。

ここが、子どもたちの遊び場となっているらしい。

村の裏手には、子どもしか抜け出られないサイズの穴があり、そこを使って子どもたちは外に出たりするのだそうだ。

危ない。

今度村の大人たちに伝えて塞がせておこう。

事故があったらどうするのだ。

余がチリーノを待っていると、村の方向から彼がやって来た。

……。

数が多いな。

「ザッハさん、ごめん……。俺、しゃべっちゃって……」

チリーノの後ろに、小さき人々が十人ばかりわーっと並んでいる。

みんな、ワクワクしながら目を輝かせているではないか。

村の、十歳未満の子どもたちだ。

余は困った。

人数が多いと、秘密が守りにくくなるからだ。

チリーノ一人であれば大丈夫だろうと思ったのだが、速攻で秘密がばれてしまった。

こうなれば、一人も十人も変わるまい。

「連れて来てしまったものは仕方がない。いいか？　余は今から、貴様らに魔法を教える。だが、魔法を教わっていることは大人には内緒である。何故だと思うか？」

「はいっ！」

小さき人々の中から手が上がった。

「そこの貴様。よいお返事である。答えてみよ」

「はい！　えっと、大人が知っちゃうと怒るからです！」

「うーん、惜しい。惜しいが不正解！」

答えた子どもはがっかりした。

「だが、答えようという意気やよし。それに元気が良かった！　そこは素晴らしい」

余が褒めると、子どもは嬉しそうな顔をする。

「では答えを言おう。余の教える魔法は、大人が知ると効果が消えてしまうからだ」

余の言葉を聴いて、子どもたちは皆、一様に戦慄したようだった。

大人が知ったら魔法が消える!?

それは大変だ！

と思っているのであろう。

「ということで、魔法が消えてしまったら誰かがばらしたということだ。他に質問はあるかね？」

「はいっ！」

「よし、そこ。なんだ、女の子もおるのか」

「あのー、魔法って言いますけど、ザッハさんほんとに魔法つかえるんですか？」

おっと、これは現実的な目線である。

ちょっと生意気に、大人を疑ってみる目線を持っている。

この年頃の女の子は、男の子よりも早熟であるそうだからな。

「ククククク、余を疑うか。良い度胸だが……それも仕方あるまい。口先だけでは信用できぬからな。その、まずは信じられない話を疑ってみるという考え方は良いぞ。貴様らを騙そうとする悪い大人はたくさんいる。この娘のようにまずは自分で考えてみるというやり方は、騙されにくくなるのだ。拍手せよ」

余が率先して拍手すると、小さき人々はわーっと拍手した。

女の子は真っ赤になって、挙動不審になる。

「さて、それでは余が魔法を見せてやろう。まずはこうだ。炎よ《ファイア》」

余が空に向けて指をかざすと、そこから空を覆わんばかりの巨大な炎が吹き上がった。

子どもたちはこれを、目を見開いて見つめながら何も言う事ができないでいる。

びっくりしたであろう。

ちなみにこの炎、村からは見えぬよう、周囲の光を屈折させて隠してある。

「す、すげえ……。ザッハさん、それが最大の魔法なんですね……！」

ようやく口を開いたという感じで、チリーノが言った。

余はこれを聞いて肩をすくめる。

「良いかチリーノ。最も初歩的な、着火の魔法が炎よ《ファイア》、だ。今、余は魔法を使う時になんと言った？」

「あ、えっと、炎《ファイア》よ、って」

そこでチリーノがハッとする。

子どもたちも皆、信じられないものを見るような目を、余に向けた。

「そうだ。今のは、余の炎《ファイア》よだ」

「す……すげえ」

「火をつけるだけの魔法で、あんなに大きいなんて……！」

ざわめく小さき人々。

余は彼らが静かになるまで待った。

大体五分くらい掛かって彼らは静かになった。

「ところで、貴様らに教える魔法はこの炎《ファイア》よ、ではない。火は危ないからな」

えー、と落胆の声が上がった。

「分かりやすいからこそ見せたのだ。だが、火とは危ないものだ。扱い方を間違えれば、家や村、森だって燃やしてしまうだろう。貴様ら、お父さんやお母さん、村の人から火事の怖さは聞いているであろう？」

子どもたちは、ハッとしたようだった。

そしてめいめいに、深く頷く。

「良いか？　火の消し方を知らぬうちに、火をつける魔法を教わってはならぬ。よって、余が貴様らに伝授するのは、火を消す魔法……。水の召喚だ《コール・ウォーター》」

説明と共に、余は魔法を使った。

未だ、空では余が呼び出した炎が揺らめいている。

これに向かって、召喚された水が吹き上がっていった。

水が炎を包み込み、消していく。

猛烈な水蒸気が上がった。

「うわーっ！」

「霧ができた！」

今日はよく晴れた日である。

霧の後には、太陽の光を受けて虹ができる。

出現した虹に、わーっと歓声があがった。

ということで、余の魔法教室は開講したのだった。

村の大人に気付かれてはならぬので、一日一時間だけである。

「良いか？　魔法とは魔力を変化させ、世界に働きかけてありえぬ現象を引き起こすことだ。今から教える元素魔法というものは、何かを召喚するものである。炎しかり、水しかり、雷しかり。まずは皆、目を閉じよ。まっすぐに立ち、己の中の魔力を感じるのだ。そら、何か流れていないか？この辺に魔力が集まってくるだろう」

余が魔法を教える様を、遠くから眺める者があった。

ユリスティナの間諜《かんちょう》となったパズスである。
見よ。
余は何も悪いことは教えておらぬぞ。
これで、子どもたちは家庭のお手伝いに貢献することであろう。
結局その日、魔法を行使できた子どもはいなかった。
魔力を感じられた者が半分、何も分からなかった者が半分である。
何、気落ちすることなどは無いのだ。
魔法は練習量が全て。
練習は裏切らぬのだからな。

第22話　魔王、氷と炎の騎士を呼び出す

子どもたちに魔法を教える以外にも、やる事がある。

余は家に帰ってから、裏庭に結界を張った。

「何をするつもりだ?」

余が作ったクッキーを食べつつ、見学しているユリスティィナ。

彼女の膝の上で、ショコラも同じクッキーをうまうまと食べている。

赤ちゃん用クッキーなので、大人も食べられるのだ。

「うむ、先日の爆発は覚えているであろう」

「ああ。あの後行ってみても、何も無かった。大方、お前の仕業だろうと思っていたが、意味も無く爆発騒ぎを起こす魔王ではない。一体何があった?」

「ンママー」

質問の途中だが、ショコラがクッキーを食べ終わり、よだれを垂らしながら次の一枚を所望したので、新しいものを取ってあげる事にする。

余とユリスティィナは、美味しそうにクッキーを食べるショコラを見て、ニコニコ顔になった。

「魔王様、ユリスティナ様、話の続き続き」

横で見ていたパズスが急《せ》かさなかったら、このままずっとショコラを見ているところであった。危ない危ない。

「うむ、何の話だっけ」

「ザッハトールがこの間起こした爆発の話だ」

「おお！　あれはな、村を狙う何者かが、傭兵を使って良からぬことを企んでいたのだ。故に、パズスを使って一掃させた」

「一掃……？」

ユリスティナの目が、お猿に注がれる。

「一掃と言っても、無駄な殺しはしてませんぜ。その辺、魔王様の引退後のスタンスなんで。ええと、爆発で吹き飛ばしたあと、連中の記憶も吹き飛ばしたんですよ。おいら、頭の中は読めませんけど大雑把に記憶を消すことは得意なんで。ウキキ」

パズスの説明が大変分かりやすかったので、余は彼にクッキーを手渡した。

「ウキー！　ありがたき幸せ」

パズスがむしゃむしゃとクッキーを食べ始める。

それを見て、ショコラが「ウママー」と喜んだ。

「そこでだ。パズス一匹では村をカバーしきれまい。このお猿には、子どもたちと遊んだりして危険から守るという大事な役割もあるからな」

「最近家の中で見かけないと思ったら、そんな事を……」

　ユリスティナが感心した。

「うむ。余はパズスに代わって村を警備させるべく、あの姉弟を呼び出すのだ」

「氷と炎の騎士か……!!」

「いかにも。あやつらならば、命令にも忠実であるが故な。ほれ、そこが魔法陣になるから少し下がっていよ」

　余はユリスティナを下がらせると、庭の中央に立って指を鳴らした。

　余の魔法行使に詠唱は不要である。

　何らかの仕草をして、直接、己の魔力で世界のあり方に干渉し、望む結果を引き出す。

　余の足元に、青と赤、二つの魔法陣が生まれた。

　片方は吹雪を吐き出し、もう片方は炎を噴き上げる。

「現れよ四魔将。北のブリザード。南のフレイム」

「ははっ」

「ここに!!」

　魔法陣から声が響き渡り、二つの人影が出現した。

　青い氷の鎧を纏った長身の女騎士と、赤く燃え盛る炎を鎧とした巨体の騎士だ。

　二人は余の前に跪《ひざまず》いている。

「久しいな、二人とも」

「はっ。魔王様に於かれてはお変わりなく」

「あれっ？　なんで魔王様、人間の姿をしてるんですか!?」

クールに対応する姉のブリザードと、顔を上げるや否や、首をかしげて疑問を口にするフレイム。

全く性格が違う姉弟なのだが、頼りになるのである。

「ククク……これには事情があってな。故、今の余は魔王ではない。赤ちゃんを育てる人だ」

「御意」

「へー。なんかよく分かんねえですけど、分かりました！」

「貴様らには、やって欲しい事があって呼び出した。この人間の村、ベーシク村を警護せよ」

「御意」

「は？　人間の村を？　意味分かんないんですけど、分かりました！」

ブリザードは、余の為すことに疑問は挟まない。

フレイムはそもそも、余がやっている事がぜんぜん分かっていないようだが、言うことはよく聞くのである。

それぞれが戦闘力だけなら、パズスに匹敵する姉弟だ。

彼らに任せておけば村も安心であろう。

反面、戦うこと以外はさっぱりできないのだが。

「それが、あの氷と炎の騎士か……。私たちが戦った時には、もっと恐ろしい姿をしていたし、言葉すら通じない化け物だと思ったものだが」

「こやつらは余が作ったからな。余の言うことしか聞かぬ。貴様ら勇者パーティと戦った時は、あの場所を守れと余が厳命しておったのだ。侵入者と言葉を交わすことなどあるまいよ」

だが、今は話が別である。

この姉弟にも、人間とのコミュニケーションを学んでもらわねばならぬ。

そうでないと、村の警備担当のブラスコが困るであろうからな。

「ブリザード、フレイム」

「はっ」

「はい！」

「貴様らは警備を行うとともに、人間どもに親しむが良い。交代で村の見張りを行い、手が空いた側は村の農作業を手伝うのだ。そしてその際、作業をしている人たちから一つ世間話を引き出し、余に報告を行うこと……!!」

「ぎょ……御意」

「な、なんだってー!?　いや、まあやりますけど！」

これにはブリザードも動揺したか。

今までの魔王軍四魔将は、コミュ障であっても勤まる職場だったからな。

さらに、魔王軍で魔王に次ぐ最上位幹部ということもあり、この姉弟は部下とのコミュニケーションを取る必要が無かった。

だが、これからは違う。

苦手なりに、村人たちとお話ししていかねばならぬのだ。

「良いか、余は貴様らに、とても期待している……!!　必ずできると信じている……!!」

「おお……勿体なきお言葉……!」

「そんなに期待されたんじゃ、やらねえわけにいかないですよね!」

余は彼らと同じ目線までしゃがみ込み、二人の肩に手を置いた。

「失敗してもいい。余が許そう。次は上手くやる、これでいいのだ……!」

余の言葉に、深く頷く氷と炎の騎士。

「では行くが良い。手始めに、村の構造と周辺の把握をせよ!」

「御意!」

「ははーっ!」

余の命令と共に、二人の騎士は氷と炎の竜巻となった。

青と赤の旋風は空へと昇り、村の上空にて周囲を睥睨《へいげい》する。

「ザッハトール」

「なんだ、ユリスティナ」

「お前……部下の人心掌握が上手いんだなあ……」

千年の在位で鍛え上げた技である。

魔王たるもの、力と恐怖だけではやっていけぬのだ。

第4章　暴かれる陰謀

saikyou maou no
dragon akachan ikuji senki

第23話　魔王、襲撃者と遭遇する

「よし、貴様ら、大きく手を広げて水を召喚する構え」

「はーいっ！」

小さき人々の声が響き渡る。

それっぽいポーズをした子どもたちが、眉間にしわを寄せて唸っている。

「水、水ーっ」

「みず、でろーっ」

「我があんこくの呪文によって水よ、なんじをよびだす！　とくきたれ水よ！　だてんの力をもってなんじをここになづけん！」

最後の子、それ誰に教わった？

余の教え子は、男の子が九人に女の子が二人。

「はい、そこでドーン！」

余が大きく手を打ち鳴らす。

すると、子どもたちはビクッとして、その指先からちょろっと水が出た。

水の召喚成功である。

「いいぞいいぞ。水が出たではないか。貴様ら、いい感じであるぞ！」

「びっくりした！　ザッハさんにドーンって言われたとき、いきなり体の中からぐわーって熱いものが出てきてさ」

「うんうん、指のほうにあつまったんだ！　それで水が出せた！」

「それが魔力である。今の感覚、よく覚えておくのであるぞ？　全ての魔法は、魔力を操ることで発動させる。魔力は体の奥底からやって来る。水召喚程度の魔法であれば、己の魔力だけで事足りるだろう。だが使いすぎ注意である。とても疲れるからな」

「はいっ！」

子どもたちが良いお返事をする。

素直である。

余の言うとおりに練習をし、頑張ったらみんな成果が出たのだ。

余の教えが正しいと理解したのだから、従わぬ道理はない。

まずは正確な方法で魔力を呼び出す。

そして、魔力を使って簡単な魔法を使う。

それができて初めて、それぞれに合った魔法の使い方を考えていく段階になるのだ。

「でもザッハさん、みんなポーズ違うんですけど、いいんですか」

チリーノが聞いてきた。

良い着眼点である。

「うむ、それについて答えよう。ポーズそれ自体には意味はない。だが、お気に入りのポーズをする事で集中しやすくなるのだ。それがどんなヘンテコなポーズに見えても、本人からしたら最高にかっこいいポーズかも知れぬ。そういうお気に入りポーズをして集中することで、魔法は早く上達するのだよ。ちなみに呪文詠唱も同じであるからな。あれ自体に意味ないから」

「えいしょうって、魔法のまえにごにょごにょ言うやつ!?」

「ええ……。あれかっこいいのに」

子どもたちのがっかりした声が聞こえる。

「そう、かっこいい。それで良いのだ。かっこいいと思うからこそ、呪文を詠唱すると集中できるのだ。皆、集中しやすいやり方は違うのが魔法というものだぞ。みんな違ってみんないいのだ」

余の返答を聞き、子どもたちは、なるほどーと感心した。

既に、最も単純な水召喚であれば行使可能になった彼らである。

魔法というのは原理を覚えれば誰でも使えるのだが、ここから先は才能が物を言う。

魔力が多かったり、お気に入りのポーズになった瞬間異常な集中力を発揮できたりすると伸びる。

「では次に、水をたくさん出すための方法をだな」

余が授業を新たな段階に進めようとした時。

それは起きた。

『魔王様、侵入者です』

ブリザードから念話が飛ぶ。

『それは貴様に任せていたと思うが？』

『数が多いようです。森ごと凍りつかせれば対処できます』

『森が凍ると狩りができなくて困るであろう。仕方ない。余が直々に手を下そう』

念話終了である。

突然喋るのを止めた余に、子どもたちは注目している。

「ふむ、どうやら緊急事態が起こったようだ。貴様ら、緊急事態という言葉は分かるか？　なに、難しい？　そうであろうなあ。難しいもんなあ。分かりやすく言うとだな、大変で、とても危ないことが起こった。これで分かるか」

「たいへん!?」

「あぶない!?」

ざわざわする小さき人々。

よし、伝わった。

「これは良い機会である。貴様らに、世の中にはこんなに危ないことがあるんだぞ、という特別授業を行う。ちょっと魔法が使えるからと言って調子に乗っても、そのせいで恐ろしいものを呼び寄せてひどいめに遭ったりする。死んじゃったりする」

「ひいい」

子どもたちの中から悲鳴が上がる。

「ということで、危ないことには近づかない。これが大事なのである。だが、何が危ないことなのか分からなければ、近づくも離れるもあるまい。余がこれから、何が危ないのか、その一端を教えてやろう。さあ、一列に並ぶのだ」

余が号令をかけると、子どもたちは余の前で、列を作った。

この列の周囲に、余は魔闘気を巡らせる。

「良いか。列から離れてはいけないぞ。離れたら大変なことになる。具体的には、痛くて苦しくて死んじゃうようなことになり、貴様らのお父さんやお母さんやお兄ちゃんやお姉ちゃんや近所の人たちがとても悲しくなる。村がみんな悲しくなる。ということで列から離れてはならぬぞ」

「はい！」

子どもたちのいいお返事を聞き、余は満足して頷いた。

それでは、侵入者とやらのところに向かうとしよう。

この一列になった隊形は、余が魔闘気によって後ろの人たちを引っ張る、ムカデごっこ状態となっている。

これによって、子どもの足であろうが、大人の全力疾走ほどの速さを出すことができるのだ。

「出発進行！」

行列が動き出した。

森に向かって一直線。

侵入者には、すぐに遭遇できた。

もともと、向こうは魔法的な手段でこちらを捕捉しようとしていたようである。

こちらを監視しようとしたのか、捕まえようとしたのかは知らぬ。

だが、気付かれぬように近づこうとしていたら、我らが猛スピードで迫ってきたのだ。

「な、なんだあれはーっ!!」

余と子どもたちが一列になって、森の中を疾走する。

それを目撃して、侵入者が思わず叫んだ。

見た所、カメレオンマントを着込んだ魔法使いの集団のようであるな。

子どもたちには、本来彼らの姿は見えまい。

カメレオンマントは、着込んだ者を周囲の風景に溶け込ませてしまうのだ。

なので、マントは弾き飛ばそうね。

「せいっ」

余は近寄りざま、指先から魔闘気を放った。

まるで風の様になるまで薄められた、充分に手加減された魔闘気は、そっとカメレオンマントだけを剝ぎ取った。

姿があらわになる魔法使いたち。

「ばかな！　マントをはがされただと!?」

「魔法の守りを貫いてきた！　なんと強力な攻撃だ！　気をつけろ！」

「到着！」

余は立ち止まった。

急には止まれなかった子どもたちが、余の背中とかお尻にごつんとぶつかってくる。

「いたいー!」

「あいたー!」

余は振り返らず、子どもたちに回復魔法を飛ばすのである。

さて、ここから、ザッハトールの魔法教室、その課外授業の始まりだ。

第24話　魔王、襲撃者を模範的に撃退する

「はい、ちゅうもーく！」

余は振り返り、子どもたちに前方の侵入者を見るように促した。

既に相手は侵入者ではない。

攻撃の意思をあらわにしており、襲撃者と言っていいだろう。

これは大変よい教材である。

余は魔闘気の形を変える。

子どもたちが、横並びになってこの状況をじっくり観察できる態勢ができあがった。

「あれが、村を襲ってこようとしている悪い奴らである」

「うわー、わるいやつ！」

「わるいやついたー」

小さき人々はびっくりし、指差しては襲撃者たちを子どもなりの語彙《ごい》で形容する。

これを言われた襲撃者も堪ったものではないようだ。

「くそっ、完全に見られた！」

「相手はガキだぞ！　口を塞げ！　なに、田舎の村のガキが何人消えた所で問題にはならん。なんなら、もう村ごと沈黙してもらった方が話が早いくらいだ」

物騒なことを言う者がいる。

どうやら、襲撃者のリーダーらしいな。

黒に銀髪のメッシュを入れた壮年に入りかけの男だ。

身分を表す装飾品などはつけていないが、余はあの顔知ってるぞ。

ゼニゲーバ王国魔法学院を設立するさい、余が講師として外部から招くよう工作した、傭兵魔導師だ。

名をアンスガーと言う。

彼の経歴については色々ドラマチックなものがあるのだが、それはまあ語る必要もなかろう。

重要なのはこの状況を、どう子どもたちへの授業として料理するかだ。

ちなみに魔導師とは、魔法使いの上級職である。

違った表記で魔道士とも言うが、こちらはもっと善良な存在を指すな。

「お前ら、魔法の準備！　俺が教えた通りやれ！　集中、詠唱、そして行使！」

アンスガーの指示に従い、襲撃者たちが呪文の詠唱を開始する。

彼らの体から魔力が湧き上がり、周囲の空間が魔法を発動すべく、変容し始める。

だが、これを見て子どもたちは、余が教えた通りの感想を抱いた。

「あっ！　あのおじさんたち、じゅもんを唱えてる!!」

「さっき教わったもんね、じゅもんって意味ないんでしょ？」

「そうそう。おじさんたち、かっこいいからじゅもんとなえてるんだよね」

年頃の小さき人々は、とても元気があり、声が大きい。

彼らの感想は、余す所無く襲撃者たちに届いたようだ。

「な、なにっ!?」

アンスガーが狼狽した。

まさか、子どもたちにそんな事を言われると思ってなかったのだろう。

呪文詠唱は、言うなればプラシーボ効果で集中しやすくなるだけで、それ自体には魔法を強くする効果も何もない事は、魔法使い学会では常識となって久しい。

ちなみに魔法使い学会の常任理事の一人が余だ。

アンスガーが動揺したので、彼が率いる襲撃者部隊もちょっと集中が乱れ始める。

彼らは見た所中級に入ったくらいの魔法使いである。

詠唱の真実とか知らないのだろうなあ。

「ええい、ガキの戯言《たわごと》だ!!　気にせず、魔法を放て!!」

アンスガーが絶叫した。

魔法使いたちは、発動させた攻撃魔法を、次々余と子どもたちに向かって撃ち込んで来る。

「はい、ちゅうもーく！　このように、魔法使いは凄い者がたくさんいる。誰でも使えるということは、幾らでも凄い者がいるということだ。調子に乗ってはいけないのだぞ」

余は子どもたちに向かって講釈をする。

その背後で、魔闘気にぶつかっては弾けていく魔法の数々。

炎であったり、氷であったり雷であったり。

「ひえー！　す、すごい音！」

「こわい！」

「でもぜんぜんこっちにこないよ？　弱っちいんじゃないの？」

むっ、危険な感想を抱いた子がいるな。

では、すこーしだけ怖いところを体験させてやろう。

余は細心の注意を払い、魔闘気をすこーしだけ緩めて、攻撃魔法の爆風がほんのちょっぴりだけ届く様にした。

サウナくらいの熱い風がびゅっと吹き込む。

小さき人々は、きゃーっと悲鳴を上げた。

「弱くはないのだぞ。余があれを防いでいるから、貴様らは無事なのだ。今の熱い風の百倍くらい熱いのが吹いてきて、貴様らみんな美味しくこんがり焼けてしまう所だったのだ」

危険な感想を言った子が、真っ青な顔でこくこく頷く。

よし、よく理解したようだ。

余は彼の頭を撫でた。

「なに、心配することはない。魔法は誰でも使えるが故、腕を磨き、強くなればよい。そうすれば、怖くて悪い魔法使いにも対抗できるようになるのだ。では、今からそれをレクチャーしてやろう」

襲撃者たちは焦っていた。

どれだけ魔法を使っても、余は平然と彼らに背中を向け、子どもたちに向かって何か喋っているし、子どもは悲鳴を上げているものの、誰一人として傷ついた様子はない。

アンスガーの顔が引きつっているな。

余は後ろで起こっていることも分かるのだぞ。

故に、余が振り返った瞬間、アンスガーの全身に緊張が走った。

「来るぞ、お前ら!!　防御魔法を展開しろ!!」

アンスガーの命令どおり、魔法使いたちは防御魔法を使った。

彼らの前に、半透明の壁のようなものが出現する。

魔法的な攻撃を一定まで防ぐ壁だ。

うむ、その判断は的確だ。

余が普通の魔法使いだったら、その対応でそれなりに無力化できたことであろう。

だが、余は普通の範疇に収まる存在ではない。

何せ、魔法使いではなく、赤ちゃんを育てる人だからな。

しかも今は、小さき人々の先生だ。

「ちゅうもくせよ！　これが貴様らに教えた魔法だ！　水の召喚《コール・ウオーター》！」

余が指先を、襲撃者たちに向けた。

目の前の空間が歪む。

そこから一斉に吹き出したのは、猛烈な勢いと量を誇る、水しぶきである。

叩き付けるような大量の水が、あっという間に魔法使いたちの防御魔法を飽和させ、貫通した。

「ぎょえーっ！」

「ぎゃーっ！」

あちこちで、水に叩かれた魔法使いたちが昏倒していく。

耐え切った者も、足元を水でぬかるみに変えられ、足を取られて転ぶ。

「馬鹿な！　そんな馬鹿な!!」

アンスガーは叫びながら、必死で防御魔法を使っている。

だが、ぬかるみに足を取られ、今にも膝を突きそうだ。

彼の防御魔法も点滅している。

余の水の召喚《コール・ウォーター》に耐え切れないのだ。

「子どもたちよ。これが余が教えた水の召喚《コール・ウォーター》の底力である。腕を上げれば、ごく初歩的で基本的な魔法であっても強くなるのだ」

「す、すげー!!」

「ザッハさんすげえ！　ザッハさんじゃないや、ザッハ先生!!」

「先生すごーい！」

「ザッハ先生すごいすごい！」

子どもたち大喜び。

心からのリスペクトが余に降り注ぐ。

「ありがとう小さき人々よ……！　貴様らも腕を磨いていけば、いつかここまで……は難しいな。割と凄いことになるであろう」

余の一番近くにいたチリーノは、頬を真っ赤にして頷く。

大興奮だ。

結局、襲撃者たちは余が召喚した水によって壊滅した。

余は水の流れを操り、彼らを一箇所にまとめて魔法を掛ける。

「記憶の破壊《メモリー・ブレイク》」

余が指を鳴らした途端、魔法使いたちの目はとろんと半濁したものになった。

使いようによっては、対象のあらゆる記憶を破壊できる魔法である。

だが、それでは日常生活に支障が出よう。

余はこれによって、彼らの中に芽生えていた魔法使いとしての選民意識とか、アンスガーから下された村を害する命令などを消し去ったのである。

魔法使いたちは、皆、気のいいおじさんになった。

「ああ……。馬鹿な……圧倒的過ぎる……！　こんな、こんな魔法を使えるなんて……！　まるで伝説の大賢者、トルテザッハのようではないか……！　だが、トルテザッハは四魔将パズスとの戦いで敗れ、大魔道士の弟子ボップに全てを伝えて死んだはず……！」

アンスガー、詳しい解説をありがとう……！

それは余が苦心して作り出した、魔法使いポップ成長編のシナリオだ。

そうか、あのシナリオは、そこまで細やかに民間に伝わっているのだな。

作者冥利《みょうり》に尽きる……！

余はジーンと感動した。

嬉しさで浮かれそうになる声を、咳払いで整える。

あえて重々しい口調を作り、余はアンスガーに語りかけた。

「傭兵魔導師アンスガーよ」

「なにっ!?　俺の名を……！　まさか、記憶を読んだのか!?」

「そうだ」

読んでないが、そういう事にした。

「くっ……！　では、この計画もお前にばれてしまったという事か。だが、お前がいかに強力な魔法使いであろうと、いや、魔導師であろうと、あのお方には勝てぬ!!」

あのお方？

誰だそれ、と聞きたくなるのを、ぐっとこらえる余。

せっかく勘違いしてくれているのに台無しではないか。

記憶を読む魔法は使えるが、人間の頭の中はごちゃごちゃしていて、読むのが面倒くさいのだ。

「ふっ、奴か。良い事を教えてやろう。余はあやつとは互角の存在でな。奴が我が世の春を謳歌しているなら、帰って伝えるがいい。余はここにいて、いつでも貴様の挑戦を待っているぞ、とな」

「な、なに……!? お前は、あのお方の……!?」

アンスガーの目が恐怖に染まる。

いや、あのお方って誰だよ。

余が聞きたいのはそこなんだけど。

えーと……ゼニゲーバ王国で関係しているらしき名前というと……。

「ガーディ」

ぼそっと小さい声で言ってみた。

ゼニゲーバ王国で秘密工作をしていた、魔法学院の者たちが言っていた名前である。

アンスガーがビクッとする。

あ、良かったー。

当たりであったようだ。

「ガーディに伝えよ。貴様の策謀など、余はとうに見通しているとな」

ということで、余はアンスガーに恐怖を植えつけたあと、解放することにした。

何か陰謀の気配を感じたからである。

この男を泳がせ、状況を探るのだ。

「いでよ四魔将、東のオロチ。ミニサイズでな」

『魔王様ー！』

「そういうのは後でな。あれを追え」

ということで、報告役もつけた。

ゼニゲーバ王国の状況を調べてみようではないか。

第25話　魔王、村のお仕事をしながら王国を観察する

「今日はザッハトールが当番だな。ほら、おんぶ紐」

「うむ、行って来よう」

朝食を済ませた我が家である。

ゼニゲーバ王国の魔法使いが襲撃してきてから、一夜が明けている。

余はユリスティナとその辺りの情報を共有し、今夜辺りに対策を練ることにした。

それはそうと、村で暮らしていくためには仕事をせねばならない。

ユリスティナは今日一日習い事。

縫い物とお料理を奥さんたちから学ぶのだ。

その間、余はショコラをおんぶして、村の仕事に従事するのである。

「ではセットだ。どうだショコラ、きつくは無いか？」

「マーウー」

「居心地良さそうだ。ショコラは案外、おんぶも好きなのかもね」

ユリスティナはショコラのほっぺたをむにむにすると、にこっと笑った。

そして、赤ちゃん服のフードをきちんとショコラに被せて、出かけていく。

さあ、余も出発である。

本日の仕事は、村の見回りと塀の補修。

先日村人たちに教えた、子どもたち愛用の抜け道を塞ぐ事になったのだ。

子どもたちからはブーイングがあったが、今後の魔法の授業はブラスコを抱き込み、堂々と村の表門から出て行うことになった。

こっそりとやるのは良くないからな。

「やあザッハさん！　今日もいい天気だねえ！」

「うむ。空が高く気分が良いな」

行き会う村人と世間話などしながら、余はあちこちを練り歩く。

「マウマウママ、マーウマー」

「なんだ、ショコラは歌っているのであるか？　子ども園でお歌を習ったのだな」

背後から流れる赤ちゃん語のメロディを聞きつつ、余は畑のほうに向かう。

そこは、村の生命線とも言える、穀物と野菜を育てている場所だ。

野菜を漬物にする作業所や、保管庫もある。

見覚えのある巨体が、村人に交じって野良仕事に精を出していた。

「フレイム。調子はどうであるか？」

「あ、どうも魔王さ……」

「しーっ。余は魔王ではない。気のいい赤ちゃんを育てる人だ」

「そうだったっすね！　えっと、ザッハさま……さん」

余が怖い顔をしたので、フレイムは真っ白な顔になって言い直した。

「どうだ、皆の者。余が連れて来たフレイムは仕事に馴染んでおるか？」

余が問うと、作業中の村人が顔を上げて笑った。

「ああ！　この図体でこのパワーだろ？　畑を耕すのだってあっという間だ！　最近、ちょっと先の林を開墾してるんだけどよ。フレイムがいりゃ、切り株だって引っこ抜けるぜ。牛馬いらずだなあ」

ほう、助かっているようだ。

それは何より。

褒められているフレイムだが、きょとんとしている。

自分が感謝されることをしているという実感が無いのだろう。

「ま、ちょいと口下手だけどな。でも、ブリザードちゃんほどじゃねえな。あの子の場合、話しかけるとカチーンと固まっちまうからなあ」

「ほうほう、固まってしまうと」

ブリザードは、コミュニケーションに苦戦しているようだ。

まあ、人間と世間話するなど、戦闘だけに百年も明け暮れた氷と炎の騎士にとっては初めてのことなのだ。

分からぬところは余がサポートし、じっくりやっていこうではないか。

「ザッハさんもお疲れ様だね。今日はショコラちゃんのお守りかい？」

「うむ。替えのおむつやお弁当もこうして持ってきてある。抜かりは無いぞ」

余はにやりと笑った。

「参ったなあ。うちのかかあがさ、『ザッハさんとこなんて、ユリスティナ様だけじゃなく、ザッハさん本人も赤ちゃんのおむつ替えてるってのに、仕事と酒と寝ることしかしないんだから、この宿六！』なんて怒鳴られてよお。肩身が狭いぜ」

「ぐはははは。ならば貴様も育児に参加するが良かろう。子どもは良いぞ。見る間に成長していく。教えたことは、乾いた布が水を吸うように己のものとするからな」

「いやあ、ほんと、ザッハさんにはかなわねえや」

余は村人たちと、ぐっはっは、わっはっはと笑いあう。

そして、畑作の午前の休憩で一緒にお茶とおやつの漬物を食べ、また村の巡回に戻ったのである。

「さて、午後からは塀の穴を塞ぐのであったな」

余は村の集会所までやって来て、午後の巡回を引き継ぐ。

そして、後の予定を確認するのだった。

その時である。

『魔王様ーっ！　愛しい魔王様ーっ!!』

「む、その妙に込められた感情が重い念話は、オロチか」

『はい！　貴方様のオロチでございます!!　定時連絡です！　人間の魔導師が、王国に到着致しましたわ！』

「ほう」

一人でぶつぶつ言っていては怪しいので、余は人気《ひとけ》が少ない木陰に移動する。

そこで、ついでにショコラのおむつを確認した。

むっ。

おしっこをしているな。

「ピャー」

「よしよし、今替えてやろう……」

木陰でおむつを替えながら、オロチからの報告を受けるのだ。

『わたくし、姿を消して後を追っているのですが、魔導師は真っ直ぐに大きな建物に入っていきました。感覚を共有いたしますわね』

オロチから、視覚情報が送られてくる。

四魔将は余の使い魔であるため、このような使い方ができるのである。

ほう。

オロチの目を通して見えるのは、緑色の屋根をしたドーム状の建物だ。

大きさはかなりのもので、ちょっとした貴族の屋敷よりも大きい。

これは、ゼニゲーバ王国の魔法学院だな。

学院前には、大きな石像が二体。

ストーンゴーレムである。

オロチがその隙間に入ろうとすると、ゴーレムが動いた。

『あっ、わたくしを警戒しているようです！』

「ほとんどの力を失った貴様では、ここは少々きつかろう。学院を一周し、手薄な場所から潜入するのだ。時間は掛かっても構わん。拙速よりも巧遅を尊ぶのが我ら魔王軍故な」

『はい、かしこまりました！　期待なさっていてくださいませ!!』

「うむ、期待しているぞ」

余の言葉の後、オロチからは言葉にならない甲高い歓声みたいなものが飛び出した。

うるさいので念話を切る。

さて、ここからは余が、オロチを直接操作して魔法学院に潜入させねばなるまい。

村の仕事とオロチの操作、さらにはショコラのお世話と三つ同時進行である。

だが、この程度のマルチタスク。

千年の間魔王軍を切り盛りした、魔王ザッハトールには難しくないのである。

第26話　魔王、魔法学院を調査する

塀の穴を塞ぐ作業に取り掛かったのである。

「こりゃあ古い穴だな。随分前から開いてたんだろうに、誰も気付かなかったとは……」

枯れ木で隠された穴を見て、集まった村人たちはゾッとした顔をする。

子どもたちが使っていた抜け穴だが、この大きさならば狼などの肉食獣も入り込むことができる。

危険な獣が村に入って来た場合、成人男性が少なくなっているベーシク村はひとたまりもない可能性があるのだ。

長引いた魔族との戦争で、働き盛り世代の男は世界的に少なくなっている。

そのため、多くの男は辺境の村ではなく、復興が最優先とされる王都などに集められているのだ。

「さっさと塞いじまおうぜ」

「こっちに漆喰《しっくい》持ってきたぜ！」

村人たちは五人。

うち三人は成人したばかりの青年である。

「では、まずこの穴に石を詰めるのだ。その石を基盤として、漆喰などを流し込んで固めると、塞いだ跡が強固になるぞ」

余は彼らに説明しつつ、みずからその辺りの石や、壊れた煉瓦などを抜け穴に詰め込み始めた。

「なるほど！」

「確かにそうだなあ。漆喰を塗るだけじゃ、いつまで経っても塞がらないしな」

「木材じゃだめなのか？」

村人からの質問に余が答える。

「木材は腐るであろう。腐った部分が空洞になり脆くなる。故、硬いものが良いのだ」

「へー！」

この程度の知識であれば、知っていておかしくはないと思うのだが、そういう知識の伝承も男が減ったことで途絶えているのであろう。

ならば余が広めていかねばな。

村の安全と、ショコラの将来的な安定のために……！

ちなみに当のショコラはと言うと、余の背中ですやすやと眠っている。

ちょっとくらい動いても、物音を立てても、お昼寝モードのショコラは起きないのだ。

余は村人らを率い、テキパキと穴を塞ぐ作業を進めていく。

途中、子どもたちが穴を見にやってきた。

どんどん塞がれていく穴を見て、皆、がっかりする。

余は彼らに向かい、理解しやすいように説明してやるのだ。

「ここが開いていると、この間の魔法使いたちのようなものが入ってきて、みんな魔法で大変なことになるかも知れぬのだ」

「ひぃえええ」

子どもたちは震え上がり、理解を深める。

うむ、昨日の襲撃は実に良い教材となった。

少なくとも十一人、危険とは何かを理解した子どもが誕生したのだ。

結局その後も、子どもたちはどんどん現れ、気が付くと作業を手伝い始めていた。

漆喰のお代わりを練り練りしたり、小石を穴の隙間に詰めたり。

よし、これならば、余が少しくらい別の作業に意識を割いても問題あるまい。

『オロチよ、では潜入を開始するぞ』

余が念話でもってオロチに話しかけると、向こうから飛び上がらんばかりに喜ぶ感情が送られてきた。

ずっと待っておったのか。

そこは偉い。

余はどんな者であっても、偉い所は評価するのだ。

『余の魔力と貴様の肉体を使って作業を行う。体の支配権を借りるぞ』

『喜んで！　この体、魔王様のお好きになさってくださいー!!　なんならばもっと大切なものも差

し上げても……』

『ははは』

余は笑って受け流し、オロチを操作し始めた。

今のオロチは、小型の蛇になっている。

だからこそ、ゼニゲーバ王国へ逃げていったアンスガーを追跡しても気付かれなかったのだ。

さらに、四魔将であるオロチは並みの蛇とは比べ物にならぬ魔力を持つ。

これを隠身《おんしん》のために使わせれば、人間の魔導師では気付けまい。

『それが故に、魔法的な知覚を持つゴーレムは欺けぬか。彼奴らは魔力を見て相手を判断するからな』

魔法学院の周囲を、ぐるりと巡る。

裏口……は警戒されておろう。

何らかの罠が仕掛けられていると思って良い。

ならばどこが良いか？

連なる窓を見上げながら、茂みの中を行くオロチ。

余の考えが正しければ、魔法学院には決定的な隙があるはずだ。

それは……。

『あった』

狙い通り、余はそれを見つける。

窓の一角が大きく開かれており、身を乗り出した頭巾にエプロン姿のおばちゃんが、窓をごしごしと掃除していたのである。

魔法学院は大きな建物だ。

掃除のためには多くの人を使って仕事させねばならない。

お掃除ゴーレムというものもあるが、床掃除がやっとで、まだ窓を綺麗に清掃するレベルには至っていない。

ちなみに魔王軍時代、窓掃除は専門の下級魔族を雇ってやらせていた。

オートメーション化すると、魔族の仕事が無くなる故な。

窓掃除魔族は魔王城の見栄えを良くするため、一生懸命頑張っていたものである。

時々、余は彼らに特別ボーナスを支給していた。

学院を清掃するおばちゃんも、そういうのをもらっているのだろうか。

『いかんいかん。過去に浸ってしまっていた。魔王城が無くなり、多くの雇用が失われたことであろうな。近々埋め合わせに戻らねばならんな』

余は後々の計画を頭の中に刻み込むと、今果たすべき目標に向かって邁進することにした。

お掃除するおばちゃんが、雑巾を濡らすために引っ込んだ瞬間、オロチをぴょーんと飛び上がらせる。

一瞬で窓に取り付いたオロチは、窓枠をささっと上に登り、おばちゃんの頭上を越えて屋内へと入り込んだのである。

壁伝いに這いながら、天井に取り付く。

「おや？　何か音がしたと思ったけど」

おばちゃんが周囲を見回すが、何も見つけられない。

この隙に、おばちゃんから離れていくオロチなのである。

『よし、潜入成功である。この建物は余が建てさせたものだからして、間取りはよく知っておるのだ』

向かうは一直線、魔法学院の院長室である。

するするとオロチを進ませ、学院の二階へとやって来た。

建物の中には、何人もの魔法使いが歩き回り、声高に魔法研究の成果を話し合っている。

それと、最近の状況に関する愚痴とかな。

ほうほう、まだゼニゲーバ王国は、魔法学院への出資を渋っておるのか。

それでも余がムッチン王子を脅したからか、昔よりは増えていると。

他国が戦で疲弊している今、魔法研究の最前線はこのゼニゲーバ王国魔法学院であるぞ。

がんばって研究に励むのだぞ、若き魔法使いたちよ。

余は心の中で魔法使いたちにエールを送ると、院長室へ急いだ。

『ふむ、やはり魔法障壁が張られておるか』

到着した院長室は、壁の中に魔法の障壁が張られていた。

これによって、外部からの攻撃や、あるいは盗聴などを防ぐことができる。

だが、中の事が知りたい余としてはこの障壁は邪魔だ。

『オロチよ。貴様の体を通して魔法を使うぞ。ちょっとビリッとするぞ』

『どうぞどうぞ!!　魔王様からの魔法なんて、ご褒美です!!』

そうかー。

だが、効果は最小限にしておこう。

オロチも一応、大事な余の使い魔だからな。

余がオロチに纏わせたのは、魔法の繭《まゆ》のようなものだ。

名づけて、魔法の穿孔機《マジック・ドリル》。

魔法的な守りだけを、ピンポイントで穿《うが》つマニアックな魔法だ。

余のオリジナルである。

これで魔法障壁に食い込みつつ……穴を開けた後ろの障壁をそっくり同じように作った障壁で塞いでいく。

障壁には警報が仕掛けられているようであるが、それが反応する前に穴を開けて通り抜け、元通りにする職人技である。

あっという間に、オロチは部屋の中へと入り込んでいた。

『はぁ～……！　魔王様の魔法がわたくしの体を通して出るなんて！　ビリビリッと来ました、身も心も！』

『貴様が元気なようで何よりである』

部屋の中に感じられるのは、魔力の反応が三つ。
一つは魔導師アンスガー。
もう一つは学院長のものであろう。
こやつの事も、余はよく知っているからな。
そして最後の一つ。
これに、余はかなりびっくりした。
『は？　なんでこやつがここにおるのだ』
そこには、先日のゼニゲーバ王国で、余を睨みつけていた男が座していた。
そしてこの男から感じる魔力は、余のよく知ったものだったのである。
『八騎陣ガーディアス。貴様、死んだはずでは？』

第27話　魔王、色々な秘密とかを知る

八騎陣ガーディアス。

言わずと知れた余の元部下で、余がショコラの卵を孵したオルド村をかつて滅ぼした魔族だ。

その後、勇者パーティのパワーアップイベントの敵みたいになって倒されたはずであったが、まさか生きていたとはな。

しかも人の姿で、人間社会に入り込んでおるではないか。

やるものである。

余は感心した。

そこで、口を開く学院長。

「確かに、ガーディ殿の仰る通りでしたな。ベーシク村はただの村ではない」

ただの村だぞ。

余がショコラとユリスティィナと住んでいるだけだぞ。

おいガーディアス、何を満足げに頷いているのだ。

「院長殿もお分かりになられたか。あれは、危険な村だ。この地上に残しておいて良いものではな

い。なあ、アンスガー」

「はい。危険なことに変わりは無いでしょう。俺が率いていた魔法使い部隊は、村に接触する事もできずに無力化されています。先行部隊との連絡は途切れ、俺が率いる本隊は謎の、子どもたちをムカデごっこで率いて来た魔法使いによって壊滅しました……！　見たこともない、水を吹き出す魔法によって！」

　アンスガーが力説する。

「子どもたちをムカデごっこ」の辺りで、ガーディアスと学院長が不思議そうな顔をした。

「ふむ、よく分からん者もいるようですが、強力な魔法使いがいるだけならば、その者を学院に勧誘してしまえばいいのでは？　我が学院への財政支援を妨害していたムッチン王子も、先日のドラゴン騒ぎで勢いを弱めましたからな。巷では、あの王子ほんとうはドラゴン退治して無いのでは？と言われている始末だ」

　わっはっは、と笑い合うガーディアスと学院長。

　不当に支援を妨害されていたのは確かによろしくはないな。

「院長よ。その魔法使いが曲者《くせもの》なのだ。わしの調べでは、そやつは先日のドラゴン騒ぎを引き起こした張本人。事実、同じ姿をした男が赤ちゃんとユリスティナ姫を連れて、村に入っていくのを見た者がいる」

　ほう、余に気付かれずにその姿を観察していた者がいたと？

　ガーディアスや、奴の手勢にそれほどの手練《てだれ》はいなかったはずだがな。

それに、ガーディアスの妙に自信たっぷりな様子はなんであろうか。

あやつ、特に強力というわけではない、ごく普通の上位魔族だったはずだが。

得意なのは金策くらいではなかったか。

余のことを、魔王様魔王様と尻尾を振りながらついて回って来ていた頃は可愛かったのだがなあ。

「あの魔法使いは倒さねばならん……！　奴は、ベーシク村を恐るべき村に変えようとしている。この平和な時代に、それは危険な行いなのだ！　そのような危険を排除するために、わしはお前たちに出資しているのだ！」

「確かに、ガーディ殿の出資には感謝しております。あれがなければ、学院もとっくに無かったでしょう。謎の出資者からの支援が途絶えてから半年……、苦しい日々だった」

すまんな。

余が卵を温めている間、出資できなかったからな。

その後、窮地に陥った魔法学院を救ったのがガーディアスだったという訳か。

しかしガーディアスめ、何も具体的なことを言っておらんではないか。

抽象的な言葉と、出資者という圧力だけで押し切るつもりか。

余はそういうの嫌いだな。

『魔王様、魔王様！　ガーディアスが何かぶつぶつ言っています！』

『おっ、でかしたぞオロチ。聴覚を強化する故、聞き取るのだ』

オロチが耳を澄ませた。

ガーディアスは、人には聞こえない、魔力に乗せた音域で何か呟いている。

それは……。

『見つけましたよ、魔王ザッハトール……!! 我ら魔族を裏切った罪は重い……! 魔神の後ろ盾を得た今、わしはあなたをこの手で倒す……!!』

わっ、なんか核心めいたことを言ってるではないか。

余が卵を温めている間に、世界は動いていたというのだろうか。

なんだあやつ、昔あれほど余に懐いていたのに、言葉に込められた思いは憎しみではないか。

魔族も年をとると変わるものであるなあ。

上位魔族にとっては、数百年という年月はそれなりに長いからな。

『ギギギ!! 許せませんわガーディアス! たかが上位魔族の分際で魔王様を倒すだなんておこがましい!! 魔王様がお許し下されば、わたくしがこの場で都市ごと焼き払って……』

『おっ、もういいから戻ってくるのだオロチよ。事の黒幕も分かったからな。あやつ、何をしようと近々に余のもとへとやって来るであろうよ。そうなれば、余が直々にあやつの本心を問いただしてくれるわ』

『ええー……。魔王様がそう仰るなら帰りますけどお……はっ!? や、やはり魔王様、わたくしの顔が早く見たいから帰ってこいと仰ってる!? いやーん! オロチ困っちゃう!』

『早く戻って来るのだぞー』

余はなざおりにそう伝えると、オロチを部屋の外へ脱出させ、通信を切った。

四魔将の中でも、オロチと長く会話していると気疲れするな。

余が生み出した使い魔のはずなのになー。

なんであんなになっちゃったかなー。


「ザッハさん！　ザッハさーん！」

「むっ！　おっと、すまぬな。目を開けたまま居眠りしておった」

村人に声を掛けられて、余はこちらに意識を戻した。

無意識下で行っていた、塀の穴塞ぎ作業はほとんど終了している。

余は要所要所でサポートしただけであったが、村人たちの手際が良かった。

あとは一昼夜ほど放置すればしっかりと固まるであろう。

どれ、おまけでこの穴を媒体にして、塀に自律防衛機能でも与えてやるか。

塀よ、貴様は今から塀ゴーレムであるぞ。

『ヘイ！』

「わっ!?　なんか変な声が聞こえた!?」

「なんだなんだ」

いかん、喋る機能を与えてしまった。

まあ良いか。

世の中、喋る塀が一つや二つはあるものであろう。

「ピョ？　マウマウ、マーウ」

『ヘイ、ヘイヘイ』

あ、ショコラが塀と会話し始めてしまった。

もう、空耳とかそういう次元じゃないくらい、しっかり喋ってる塀。

村人たちが青い顔になり、「魔物じゃないか」「どうしよう」なんて騒いでいる。

そのうち、子どもたちは余のもとに群がり、「先生！」「魔物やっつけて、先生！」とか言うのだが。

余はしゃがみこみ、子どもたちに言って聞かせた。

「あれは余が命を与えたので、塀がとても強くなったのだ」

彼らは魔法たるものを理解し始めているからな。

真実の一端を教えておいても良かろう。

「喋るが気のいい塀なので、たまに話しかけてやると良いぞ」

「おおー！」

「先生すげー！」

「塀かわいい」

子どもたちの理解力は凄いな。

その後、余は村の大人たちに、「塀の補修に使った部材が固まる時に音を立てるものなので、時々鳴るが気にするものではない」と説明し、余の人徳を以て納得させたのである。

第5章　ベーシク村の劇的なビフォーでアフター

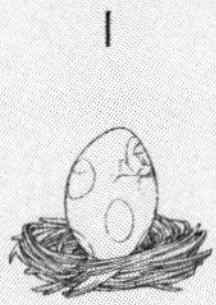

saikyou maou no
dragon akachan ikuji senki

第28話　魔王、村の守りを固める

家に帰ると、すぐにチリーノが訪ねて来た。

彼は開口一番に、

「ザッハ先生！　さっき、なんか魔法で別のことしてたんじゃないか？」

鋭い質問である。

余が塀の修理中、同時進行でゼニゲーバ王国を調査していたことを言っているのであろう。

「ほう、何故そう思った？」

「うん、あのさ、いつもの先生の、ぐわーっていう感じがうすくなってたんだ。まるでその一部だけどっかに飛ばしたみたいにさ」

「おお！　やるなチリーノ。正解だ。余はな、ちょっとゼニゲーバ王国を調査していたのだ」

「調査!?」

チリーノが目を丸くした。

少ししてから、頬を赤くして、声を潜めて聞いてくる。

「なんの調査なの？　なんかまたすごいことあるの？」

「あるぞ。だが詳しいことを話すと、貴様はばらしてしまうからなあ。教えてあげられないなあ」

チリーノは口をぱくぱくさせた。

そして、慌てて余に弁明し始める。

「ま、魔法のことばらしちゃったのはごめんなさい！　でも、こんどはホントのホントに言わないから！」

「本当かな？　言わないと約束したら、ちゃんと守れるかな？」

「守れる！」

「良かろう。では、契約である」

余とチリーノの足元に、魔法陣が浮かび上がった。

「こ、これは……!?」

「誓約《ギアス》の魔法陣だ。約束を破ったら、チリーノ。貴様の内腿が、ぎゅーっとつねられたみたいに痛くなる」

「ひええっ」

震え上がるチリーノ。

内腿をつねられる痛みを知っているのだ。

これは恐らく、昔いたずらをして、ブラスコかアイーダにおしおきされたのであろう。

ちなみにこの魔法陣に、内腿をつねる以上の効果はない。

一回内腿をぎゅっと軽くつねると効果が消える。

とても安全な子ども向けの誓約《ギアス》なのである。

「では話してやろう。いいか。先日の魔法使いどもは、ゼニゲーバ王国の魔法学院から来たのだ」

「ええっ!? な、なんで王国の魔法使いがこっちにせめてくるのさ！」

「悪い魔法使いだからだ」

「そっか……!!」

納得した。

端的かつ分かりやすい説明は、子どもにはよく響く。

「そこで、余は色々調べたり、塀に魔法をかけて強くしたりしているのだ。これからショコラの担当をユリスティナと交代したら、また村のあちこちを強化して回るぞ。ついてくるか?」

「うん、行く！」

「良かろう。では、余はショコラとご飯を食べる。貴様も昼食を摂った後、この家の前に集合せよ」

「わかった!!」

チリーノはいいお返事をすると、自分の家に向かって走っていった。

「ピャー！」

チリーノがいなくなったら、今まで大人しくしていたショコラが騒ぎ出した。

おんぶしているから、後ろから余の髪の毛を引っ張ってくる。

「むっ、ショコラ、お腹が減ったか」

「ピャ、ピャ！」

「よーしよし。では余が腕によりをかけ、最高に美味なベビーフードを作ってやろう……！」

余は台所へ向かい、食材との格闘を開始したのだった。


「なんと、ゼニゲーバ王国の魔法学院に!?」

ショコラを横に座らせて、一緒に踊って遊んでいたユリスティナ。

動きはそのまま、顔だけ真面目になって問い返してくる。

「うむ。貴様もよく知っているであろう。十二将軍ガーディアス。あやつが生きておったのだ。そして、何故か村を攻撃してくる」

「オルド村や、数々の集落を瘴気の底に沈めた、最悪の魔族だ！　奴がここを狙っているだと……！」

ユリスティナの全身から、聖なるオーラが炎の様に立ち上る。

これを見て、ショコラがびっくりした。

そして、泣き出す。

「ピャアー、ピャアー」

「あっ、あっ、ショコラ、怖くない、怖くないからな」

「そうだぞショコラ。余の顔を見よ。秘儀、リアルランダム百面相……!!」

余とユリスティナ、必死にショコラをあやす。

いかんいかん。

赤ちゃんがいるところで、物騒な話をするものではないな。

ここは口に出すのではなく……。

『念話で行こう』

『お前、また私の心に勝手に話しかけてきたな!?』

『表で話をすると色々大変であろう。あと、感情を昂ぶらせるではないぞ。ショコラが泣くから』

『うん、私も反省している。クールに行こう』

ユリスティナはショコラを抱っこして、赤ちゃんの手のひらを優しくさすっている。

ショコラは姫騎士の胸に頭を預けて、余のべろべろばーを見てキャッキャと笑った。

よーしよし。

『現在、余が村のあちこちの守りを固める計画を立てている。これからチリーノがやって来るから、あやつを連れてぐるりとこの辺りを回るつもりだ』

『ぷくっ……! お、お前、べろべろばーしながらかっこいい声で語り掛けないでくれっ。ギャ、ギャップが……!!』

ユリスティナが吹き出した。

だが、笑いながらも、余の計画は了承したようだった。

最終的に、ユリスティナは搦《から》め手が苦手だからと、村の守りを秘密裏に固める計画は余に一任される事となったのである。

その後、ショコラが疲れて寝るまで、余とユリスティナは歌ったり踊ったりした。

ショコラはご機嫌になってパタパタ飛び回り、そのたびに何かに激突しないよう、余とユリスティナは駆け回った。

そしてチリーノがやって来る時間となった。

「こんにちはー！　お昼ごはん食べて来たよ！」

「よく来たなチリーノ。ではユリスティナ、行ってくる」

「ああ、頼むぞ、ザッハ。それにチリーノ」

チリーノは、あの勇者パーティの一員である聖騎士ユリスティナに名指しで声を掛けられ、舞い上がる。

「が、がんばる!!」

顔を真っ赤にして、努力することを宣言するのだった。

その顔が赤いのは、緊張ばかりではないな？

外に出た余は、更に四魔将に指令を下す。

『パズス！』

『ウキッ、ここに！』

『ブリザード！　フレイム！』

『ここに』

『いるぜ！』

『加えて、現れよ四魔将、央のベリアル』
『お待ち申し上げておりました。我が偉大なる魔王よ！』
さあ、魔王軍総出でのベーシク村大改造なのである。

第29話　魔王、四魔将を集結させる

横合いの茂みがガサガサと鳴った。

チリーノがびっくりして、余にしがみつく。

「ははは、チリーノ、怖がることはない。余の部下だ」

「先生の……？　えっと、じゃあ、俺が知らないひと？」

「うむ、そうであろうな。というか人間でベリアルの勤務モードを知る者はおるまい。出て参れ、ベリアル」

「はっ、かしこまりました」

立ち上がったのは、黒髪に黒い瞳の執事である。

黒の礼服にビシッと身を固め、白いワイシャツにはやはり黒の蝶ネクタイをしている。

内に着込んだベストはグレー。

白手袋に磨きぬかれた黒い革靴。

そして輝く銀縁のメガネ。

全てベリアルが自身でチョイスしたコーディネートだ。

「貴様な、ここは村であるぞ？　村に執事の姿で現れる者があるか」

「偉大なるご主人様！　周囲の状況がどうであるとか、人々の目などは重要では無いのです。私にとって、主の目の前にあるということこそが肝要！　そのために、見苦しくない程度の身だしなみを整えるには、これが最低限の姿なのです……！」

「……変な人だね」

力強く応じるベリアルを見て、チリーノが呟いた。

うむ。

こやつ、極めて有能だが変なのだ。

「我が偉大なる魔」

「オールステイシス」

ベリアルがいきなり、魔王城でいつも余を呼んでいた時の言い方をしようとしたので、ちょっと時間を止める。

これ、余が使う三大魔法の一つね。

余が許可した者だけ停止した時間の中でも動ける。

今回はベリアルだけを許可している。

「王よどうしたのですか」

「貴様な、村の中で余のことを魔王って呼んだらだめでしょ」

「あっ」

ベリアルが、うっかりしてました、という顔をする。

「申し訳ございません、我が偉大なる魔王よ」

「ほらまた！」

「あっあっ、ではどうお呼びしたら良いのでしょうか。私の中では、ご主人様に対する敬愛が天に満ちたるエーテルの混沌を埋め尽くさんばかりに溢れており、無意識のうちに我が偉大なる魔王とお呼びしてしまいます」

「ザッハで」

「えっ、恐れ多い……」

「特別に許そう……」

「ひぇっ、尊い」

ベリアルは跪いて、余に向けて手を合わせた。

何で祈っておるのか。

「で、で、では、ザッハ様ぐはっ」

「鼻血を出すな。良いか、慣れるのだぞ？　余は今や魔王ではないから、魔王という呼び名も正しくはない。貴様の主観で余が魔王であったとしてもだ。ザッハか、百歩譲ってご主人でも良かろう。とにかく、村人に怪しまれる真似は避けるように。ショコラの養育ができなくなってしまうからな」

「かしこまりましてございます。このベリアル、ご主人様の選択とこれまで歩んでこられた道を、魔界の底にてつぶさに観ておりました故」

ベリアルに、物事を説明する必要はない。

こやつは、余の思惑を正確に読み取り、忠実に必要最大限の動きをする。

「では時間を戻すが、良いか？」

「はい。お手数をお掛けいたしました！」

余が指を鳴らすと、停滞した時間が元通り流れ始める。

「……ま？」

チリーノが首をかしげた。

ベリアルはにっこりと微笑んだ。

「満天の星にも似た雄大なる御心を持つ、敬愛するご主人様と続くのです」

「へ、へえ……」

チリーノが引いた。

そして余に寄って来て、

「変な人だね」

「うむ。確かに変だが、変だからと言っていじめてはならんぞ。みんなどこかしら変なところはあるのだ。見聞きしても、そういうものかとありのまま受け止めておけば良い」

「へえー……！　それ、そうかも。うん、やっぱり先生はすごいなあ」

今度は感嘆が籠《こ》もった「へえ」であるな。

そして、余はチリーノとベリアルを従えて村の入口へ。

途中で、子どもたちにバイバイしたパズスが合流した。

「あっ、こりゃベリアルさんお久しぶりです、ウキッ」

「お久しぶりですパズス。よくぞ我が偉大なる魔……ご主人様のために尽くしてくれました。と言うか、村の子どもと親しいのですね」

「へえ。ほっとくと危険なことをするんで、見守り甲斐があるんで」

ちなみにパズスは、普通の人間の耳にはお猿語にしか聞こえないように喋っている。

チリーノか見ると、ベリアルがお猿と真面目に会話しているように見えるに違いない。

「お猿としゃべってる」

「会話になっておるように見えるだろう？　我らには分からなくとも、動物も何か言っておるのかも知れんぞ」

「へえー！」

チリーノが目をきらきらさせる。

いちいち余の言うことに感激する子である。

門に到着した時には、見回りをしていたフレイムと、畑仕事をしていたブリザードも合流した。

そして。

「魔王さま～！」

フレイムのポケットから、小さい蛇が顔を出した。

「オロチも戻っておったか」

『はい！　大急ぎで来て力尽きていたところを、フレイムがお弁当を分けてくれたんです！』

「ほう、そうか！　偉いぞフレイム。そしてよくぞ帰ってきたオロチよ」

フレイムは褒められて嬉しそうにし、オロチはポケットから乗り出した体をひゅんひゅん回転させた。

「なんか、いきなり賑やかになっちゃった」

チリーノが目を丸くする。

それは、門番の控え所から出てきたブラスコも同じだ。

余、ザッハトールを中心として、央のベリアル、西のパズス、東のオロチ、北のブリザードと南のフレイムという面子《メンツ》が揃っているのである。

かつて魔王軍の頂点であった四魔将揃い踏みだ。

「ザッハさん、こいつはどうしたんだい？　あ、見慣れない人もいるけど」

「こやつは余の子分のようなものだ。ちと、この面々で村の塀を外から固めようと思ってな。ほれ、子どもたちが見つけた抜け穴があったであろう。内部からは気付かれぬように細工してあるが、外からは一目瞭然であった。同じものがあるかも知れぬからな」

「おお！　そいつは助かるよ！　村の男衆はご覧の通り、まだ数が少ないからなあ。今いる子どもたちが大きくなってくれたら、随分楽になるんだが」

「村に住まわせてもらっている礼のようなものだ。それと、チリーノを借りて行くぞ」

「ああ、どうぞどうぞ。おいチリーノ。ザッハさんの邪魔をするなよ？」

「しないよ！　俺、ザッハ先生から勉強して強くなるんだ！　それで、父ちゃんの仕事を手伝うんだぞ！」

「俺の仕事を!?」

ショックを受けるブラスコ。

その目が、うるうるし始めた。

「な、何言ってやがる！　くぅーっ、ま、まだお前はちびなんだから無茶をするんじゃないぞ！」

「うん、頑張ってくるよ父ちゃん！」

お父さん泣いちゃったなあ。

「チリーノはすっかり、魔王様に心酔してますねえ、ウキキッ」

「……パズスはお猿語だからおおっぴらに魔王様と呼べるのか。では私もお猿語を……？」

「やめてくださいベリアル様」

「そうだぜ！　ベリアル様がお猿語喋ったらめちゃくちゃおかしいよ！」

『うふふ、わたくしは蛇語なので呼び放題ですわ！』

「くっ、ずるい……！　ずるいですよ、パズスにオロチ！」

こやつらは、もう少しチリーノを見習ってもいいのではないか？

第30話　魔王、安心安全一撃必殺の罠を張る

どやどやと、賑やかに村の外を練り歩く我らである。

まず、ベーシク村からある程度はなれた場所までやって来た。

ここからは、村を囲む塀が小さく見える。

「先生、なんでここまで来たの？」

チリーノが質問した。

「うむ、良い質問である。チリーノは知っているか？　魔法には射程距離があるのだ」

「しゃていきょり？」

「どれだけ遠くまで届くかということであるな。それぞれの魔法によって厳密に定められている。ある程度、魔法使用者の能力によって伸び縮みするがな。そしてここは、大体の魔法が村を射程距離に収められなくなる場所なのだ」

「へえー！」

「おー」

「なるほど分かりやすいです、ウキッ」

「流石ですなザッハ様!!」

『素敵です魔王様！』

最初の感心はチリーノだが、魔王軍の四魔将ともあろう者まで感心してどうするのか。

ベリアルとオロチは追従《ついしょう》であろうが、フレイム、貴様は素で知らなかったな？

まあ良い。

知らぬならば、フレイムもチリーノと一緒に学んでいけば良いのだ。

「フレイム。貴様もチリーノの隣に並べ。一緒に教える」

「分かったぜ」

巨漢のフレイムと、七歳児のチリーノがお行儀良く並ぶ。

凄いサイズ差である。

「では、どうして余が、魔法の射程距離外にやって来たか分かるかね？」

チリーノとフレイムに問題を出してみる。

二人は難しい顔をして、うんうん唸りだす。

難しかろう。

むっ、ベリアルの口がむずむずしている。

答えを教えてはならんぞ！

余が威嚇したので、ベリアルはお口にチャックをするジェスチャーをした。

あの男、お茶目に見えるが魔界ナンバー2の実力者なのである。

人もそうだが、魔族も見た目によらぬのだ。

「はい、先生！」

チリーノが元気に手を挙げた。

これを見て、フレイムが愕然とした顔をする。

貴様、七歳児に負けたからといってどうして世界の終わりみたいな顔をするのだ。

「よし、答えてみよチリーノ」

「はい！　えっとね、俺、ここでやって来る悪い奴らを止められたら、魔法が村まで届かないと思うんだ。だから先生は、ここで悪い奴らを食い止めるんだと思った！」

「おおー」

四魔将がどよめく。

チリーノが口にした答えは、ほぼ正解だったからだ。

「その通りだ。貴様、頭の回転が速く、飲み込みも良いな。時代が時代ならスカウトしているところである。良いかチリーノ、フレイム。ここに、罠を張る。罠にはまった魔法使いや兵士が、ここから先に進めねば、村に危険が及ぶことはあるまい」

余はもう少しだけ進んでから、罠を張る地点を定めた。

そこは、小川が流れ、小さな橋が架かっている場所だ。

川を渡るのは、小さい川であってもそれなりに苦労する。

皆、楽をしたいものだ。

必ずや、村を目指すゼニゲーバ王国の軍勢は橋を渡る。

そこを突き、橋に罠を仕掛けるのだ。

「では、どのような罠を仕掛ければよいか？」

「はいっ!!」

フレイムが元気よく手を挙げた。

「よし、答えてみよフレイム！」

「通った人間を焼き尽くす罠!!」

「それでは橋や街道も燃え尽きてしまうではないか!?　オーバーキル過ぎる。人間はもっと、優しい罠でも死ぬのだぞ」

しゅんとするフレイム。

「だが、己ができる事で罠として貢献したいと思うことは素晴らしい。貴様の心意気は余がよく分かっておるぞ」

ここですかさずフォローを入れる。

解答を否定しただけで、貴様自身を否定はしておらぬというアピールだ。

ベリアルが小声で、「さすがは我が偉大なる魔……ザッハ様」とか言っている。

フレイムも元気になった。

「ここにはな、文字通り足止めをする罠を張る。それも、魔法を使う者たちが引っかかれば、その供となる者共をまとめて足止めする、連鎖式の罠だ。ここまで言えれば花マル満点であるが、難しいゆえ、足止めまでで満点である」

そう告げたあと、余は実践して見せた。

「ハイド・トラップ」

余が宣言すると、橋が紫色に輝いた。

「エンチャント・チェイントラップ」

橋の周囲が広く、紫の光を帯びる。

「イン・スティッキー」

罠の内容を決定した。

すると、周辺に立つ我らの足元が、突然べたっと張り付くような感触に変わった。

「ウキーッ」

一匹だけ裸足であったパズスが慌てる。

空に飛び上がろうとして、必死に翼を羽ばたかせた。

だが、パズスの足は地面から離れない。

地面がくっついたまま、ぐにーっとゴムの様に伸びて持ち上がり、パズスを逃がさないのだ。

それからパズス、人前で飛ばないようにな……。

ほれ、チリーノが目を丸くしているではないか。

「オーバーライド・ハイド・トラップ」

この言葉とともに、足元のべたつきは無くなった。

必死に飛び上がろうとしていたパズスが、その勢いのままに天高く吹き飛んでいく。

「ウッキーッ!?」

「あー」

チリーノが空を見上げながら、ぽかんと口を開けた。

「このような強力かつ、そのままなら死なない罠である。これに、人間の魔法使いが来た時に発動するよう条件付けをするのだ」

説明しながら、罠の仕上げをする余。

こうして、村に向かう橋に足止めの罠が張られた。

「この要領で、非致死性の罠を張るのだ。ゆけ！　やり方はそれぞれに任せる！」

「御意！」

「わかったぜ！」

『お任せですわ！』

ブリザード、フレイム、オロチが方々に散っていった。

パズスも上空でこれを聞いているだろうから、上手くやってくれるであろう。

四魔将一機転が利くお猿さんだからな。

残ったのは、余とチリーノ、そしてベリアルである。

「ベリアルさんは行かないの？」

チリーノに尋ねられ、四魔将筆頭は意味ありげな笑顔を見せた。

「私はザッハ様にお仕えする者の中でも、最も魔法に秀でているのです。故に、その場まで赴かなくとも仕事をすることが出来る。ファー・リフレクション」

ベリアルは詠唱もポーズも無しに、眼前にベーシク村周辺の俯瞰図を映し出した。

これが、それぞれ別の地域を六つまで並べて見せている。

「あっ、ここ、知ってる！　ここもここも！」

「これは映像だけでは無いのですよ。実際にこうすれば、手が届く」

ベリアルは映像の中に手を差し入れ、木の枝を一つ折り取った。

映像から抜き出すと、それはチリーノの腕ほどもある枝である。

チリーノが「ほえー」とびっくりしている。

「チリーノよ。魔法というものも極めれば、このベリアルの如く、遠見の魔法で現実に影響を及ぼせるようになるのだ。こやつのやり方を見ておれ」

「はいっ」

チリーノがいいお返事をする。

「ではご覧あれ。シュート・トラップ。エンター・ザ・リフレクション」

ベリアルが魔法の名を唱えると、彼の周りに六つの光が生まれる。

それはベーシク村周辺映像へと飛び込むと、即座にその場所を、魔法使いに反応する罠に変えた。

魔法の効果は、あらかじめ余が使った粘着罠をコピーしておいたらしい。

そつのない男である。

「いかがです？」

チリーノに言うように見せつつ、実は余にアピールするベリアル。

「うむ。相変わらず見事な魔法の腕前よ。研鑽を怠っておらぬようだな」

「お褒めに与り恐悦至極」

芝居がかった仕草で、ベリアルが余に一礼した。

チリーノがこれを見て、「かっけー」と言っている。

ベリアルに憧れると、何かいかん感じになりそうだ。

それだけは止めるように言っておくとしよう。

第31話　魔王、嵐の前の静けさ（？）を楽しむ

四魔将とチリーノを引き連れて、ベーシク村へと帰ってきた余。

入口には、余の教え子である小さき人々がずらりと並んでいた。

「チリーノだけ！　いいなー！」

「わたしたちも連れてってほしかったなー」

いつの間に、余がチリーノを連れて外出した話が広がっていたのだ。

チリーノは得意げである。

仲間たちに一歩差をつけた気分なのであろう。

実際は、才能の面からもチリーノは他の子どもたちと比べ、十歩も二十歩も先んじる実力を持っている。

余がしっかり教えていけば、第二の勇者ガイとなりうるであろう。

他の子どもたちは、ざっと見たところ、ガイの仲間である大魔道士ボップの一割くらいの才能はある。

魔法学院の生徒レベルには達するのではあるまいか。

とりあえず、子どもたちが静かになるまで、じーっと眺めている余。

口々に何か言っていた小さき人々は、余の視線に気付くとスーッと静かになっていった。

「うむ。余はチリーノをひいきしたわけではない。まず、チリーノは余の子どもであるショコラをよくお世話してくれる。チリーノの弟と妹は、ショコラの友達であるからな。その礼として外に連れて行ったのだ」

分かりやすく説明をする。

親切にしてもらったから、お返しをしたのだということである。

これは子どもたちも得心いったようで、「そっかー」「わたしもショコラちゃんと遊んであげようっと！」と口々に騒いでいる。

よしよし。

ショコラの遊び友達が増えるぞ。

「しかし、余も貴様らの気持ちが分からぬではない。そこで、余の右腕たるこのベリアルが、今から仕掛けた罠の体験ツアーに連れて行ってくれる」

スッと無茶振りする余。

だが、ベリアルも余との付き合いは長い。

具体的には、こやつは余が一番初めに呼び出した使い魔なのだ。

ということで千年以上付き合っている。

執事服の魔族は、ニヤリと笑って応じた。

「初めまして、お子たちよ！　私の名はベリアル。ザッハ様の忠実なる部下です。言うなれば、ザッハ様が先生なら、私は諸君の先生補佐ということになるでしょう。挨拶《あいさつ》代わりに、ザッハ様と我々が作り上げた、村を守るための罠をお見せしましょう」

ベリアルの宣言に、子どもたちがわーっと沸いた。

そして、ベリアルを先頭にどやどやと外に出て行く。

「ベリアルさん、流石ですなあ。魔王様とは本当に息がピッタリですよね、ウキッ」

「付き合いが長いからな。よし、我らは家に帰るぞ。ブリザードとフレイムは通常業務に戻ってよい」

「御意」

「分かったぜ！」

二人を帰し、パズスもまた他の子どもたちの相手をしに、子ども園へと消えていく。

「チリーノ、貴様はどうする？」

「俺、先生の家に行きたい！」

「よし」

そういうことになったので、またチリーノの弟と妹も連れて、我が家に帰ってきた。

「ショコラちゃーん！」

「あそびにきたよー！」

チリーノの弟妹がばたばた廊下を走っていく。

すると、部屋のほうからユリスティナがショコラを抱っこして現れた。

「おや、帰ってきたのかザッハ。それに子どもたちもよく来たね。ちょうどショコラが起きたところだよ」

「ピャ」

ショコラは余を見つけると、手をパタパタさせた。

余も手を振り返す。

「ショコラがな、ザッハをずっと探しているので、これから探しに行くところだったのだ」

「ショコラちゃん、おとうさん大好きなんだねー」

チリーノの妹が言うとおりである。

ショコラは余に大変懐いている。

これは恐らく卵が孵ったときに、彼女が最初に見たものが余の顔であったからであろう。

刷り込みのようなものである。

「せっかくだから散歩に行こうと思うのだが、どうだ?」

「うむ、そうしよう。チリーノ、疲れてはいないか?」

「だ、だいじょうぶ!」

チリーノの返答にやや疲れを感じたので、余は彼に疲労回復魔法《キュア・スタミナ》を掛けておいた。

「あれ!? 体が軽くなった!」

「チリーノ、疲れているときはちゃんと、疲れていると言った方が良いぞ」

「はい、先生」

素直である。

チリーノ兄妹を引き連れ、余とユリスティナはお散歩に出ることになった。

ショコラは、チリーノの弟妹と何やらお喋りしている。

まだ赤ちゃん語しか話せぬ故、言葉は通じてないのだろうが、大人たちが喋っているのを真似するのが楽しいようだ。

「マウマウーマーウ」

「あ、それザッハさんのまねでしょ」

「ショコラちゃんにてるー」

なにっ、余の真似だと!?

くっ、見逃した!

元魔王ザッハトール、一生の不覚である。

「ザッハ、慌てずとも、ショコラはこれから何度でも見せてくれるぞ？　私も何回か見た」

「えっ!!　ユリスティナも見たのか!?　余は見てない……」

今、余は村の入口で子どもたちが、チリーノを羨ましがった気持ちをよく理解した。

これは大変悔しい。

必ずや、ショコラが余の真似をするところを見ねばならぬ。

そのためには、世界を敵に回してもこの村の平和を守るつもりである。

赤ちゃんを育てる人になった余が、そんなショコラの決定的場面を見ていないとは、なんという失態であろうか！

「ザッハ、こちらは村の塀があるところだが、どうしてこっちに向かったのだ？」

「むっ、無意識であった。だが、ユリスティナにも話したであろう。塀を丸ごとゴーレムに変えてな。喋るのだ、こやつ」

余が塀をコンコン、と叩く。

すると、塀が返事をした。

『ヘイ！』

「……」

ユリスティナが黙る。

少しして、

「安直ではないか？」

「痛いことを突っ込んでくるやつだな貴様も。こういうものは奇をてらわず、安直なくらい分かりやすい方が良かろう。子どもたちには大受けであったぞ？」

「まさかの子ども目線とは……！　とてもかつて私たちが倒そうとした、この世全ての悪を統べる巨悪だった男とは思えない」

仕事が変われば、人も魔族も変わるものである。

「ピャー！　マウマウー！」

『ヘイヘイ』

「ピヨ？　マウマー」

『ヘーイヘイ』

「ショコラが塀と会話してる」

「案外、赤ちゃんとゴーレムで言葉が通じるのかも知れぬな……と、こら、塀に落書きをしてはらんぞ」

「えー。だってこの方がかわいいもん」

チリーノの弟妹が、チョークで塀に大きな顔を描いていた。

これを見て、チリーノが吹き出す。

子どもたちほどの背丈のところに、つぶらな瞳とたらこ唇の、横長な顔が出現したからだ。

「いいじゃないかザッハ。これはこれでユーモラスだぞ？　いっそ、この落書きが喋るような見た目にしたらどうだ？」

ユリスティナまでそんな事を。

だが、考えてみれば悪くは無いな。

顔があり、喋る塀。

塀の中の者には親しみを覚えさせ、外側の敵には恐怖を与えることであろう。

「良かろう。では表と裏に五つずつつくらいつけるとしよう」

こうして、新たな仕事が増えるのである。

第32話　魔王の朝食事情

「なんだろうなあ、この落書きは」

村人が、塀に大きく描かれた顔の絵を見て首を捻っている。

ベーシク村の四方を囲むこの塀は、害獣や魔物の襲撃から人々を守っている。

村ができるずっと昔からあったらしく、広い畑さえ完全に覆ってしまうほどの規模がある。

そのうち、住宅がある側の塀に、チョークで描かれた大きな顔が幾つも出現したのである。

描いたのは、チリーノと彼の弟、妹。

「とりあえず消しとくか」

村人が背伸びをしたところ、落書きの顔がむにゅっと動いた。

『ヘイ！』

「……？　うわあっ、落書きが喋った!?」

落書きから声が発せられたので、村人は一瞬フリーズした。

そしてすぐに、びっくりして腰を抜かす。

そう、これは余が命を与えた、塀ゴーレムの顔なのだ。

内側五箇所、外側十六箇所に落書きは施され、これら全てがゴーレムとしての自律意思を持つ。

簡単な魔法を使うだけの知能も与えてあるので、村への襲撃者を迎撃する時に役立つであろう。

「ザッハ、何をニヤニヤしているんだ？」

余が塀ゴーレムの視界をジャックして、村人が驚く様を眺めて楽しんでいると、ユリスティナが肩を揺さぶってきた。

「うむ、昨日の成果を確認していてな。貴様こそどうしたのだ。余を揺さぶるなど緊急事態か？」

「ああ！　ショコラが今、すごく面白い顔をしていてな」

「なにっ!!」

すぐさま塀ゴーレムとの視界共有を切り、振り返る。

そこには、なんとも言えぬ顔をしたショコラがいた。

「いいよショコラ。ザッハそっくりだ！」

ユリスティナが大喜び。

えっ。

あれって余にそっくりなの。

「余はそんな顔してたかなあ」

魔法で鏡を取り出して、横目でチェックする。

ショコラはすぐに元の表情になって、ユリスティナに受けたのでキャッキャとはしゃいでいる。

解せぬ。

だが、ショコラが体を使って色々な表現をするようになったという事ではないのか。

しかも余の真似とは。

昨日見られなかったのは、きっとこれであろう。

「昨日の物真似も上手だったが、今日のはまた違った味わいがあるな」

「えっ」

昨日のと違うの!?

余が知らぬショコラの表現があるというのか。

くく……悔しい。

「ピャピャー」

おや、今度はショコラが、余を見て何か言っている。

手を振っているようであるが。

「ザッハに抱っこして欲しいのだろう。最近は私がショコラと一緒にいる事が多いからな」

「おお、言われてみればそうであった。余としたことが、村の防衛にかまけて赤ちゃんとのスキンシップを怠るとは。まだまだ未熟である」

余が抱き上げると、ショコラは「マーウー」と満足そうに言いながら、余の胸元で顔をむぎゅむぎゅさせた。

ふわっふわのもちもちである。

よし、今日は一日、ショコラと一緒に過ごすとしよう。

「ザッハ、私たちはいつもそうやって、ショコラを抱っこしたりおんぶしたりして歩き回っているのだが、忙しい奥さんたちは赤ちゃんを乗せる車を使っているらしいぞ」

「ほう。赤ちゃんを乗せる車……？　確か、それらしきものを見た記憶があるな」

ユリスティナからの耳寄りな情報である。

彼女はお付き合いのある奥さんたちから、「ザッハさんとユリスティナ様のうちは、乳母車使わないのかい？」と聞かれたらしい。

気になったユリスティナは、乳母車なるものについてリサーチしたのだそうだ。

「王宮では、赤ちゃんは大きなベッドに寝かせ、乳母がつきっきりで面倒を見るものだった……らしいからな」

実際に見たわけではないようだ。

人も金も充分にある王族であれば、乳母車ではなく人を使うのであろう。

だが、人も戦争の影響でギリギリ未満、金などあるわけがない庶民にとって、赤ちゃんのお守りだけで人が割かれてしまう事は問題だ。

余も、子ども園の外に停められた木製の小さな荷車みたいなものを何度か目撃していた。

その時は、子ども園に備え付けの小さな荷車だと思っていたのだが。

もしやあれが乳母車というものか。

「よし、では今日は乳母車なるものを研究してみようではないか」

「いいな！　では朝食を片付けてから行こうじゃないか！」

本日の予定が決定した。

ベーシク村襲撃まではまだ少し時間があろう。

その間、余はショコラのため、生活のクオリティを上げることにまい進するのである。

ちなみに本日の朝食当番はユリスティナ。

最初はオーブンでのパン焼きすら真っ黒にするほどだった姫騎士である。

まさか黒焦げのパンを元の状態に戻すために、限定箇所の時間を巻き戻す大魔法を使うことになるとは思わなかった。

だが、失敗したならその場でしっかり教えることで、人は同じミスを繰り返しにくくなるものだ。

余は、そういう教育コストはきっちりと掛ける性質《たち》なのである。

お陰で、ユリスティナはパンの焼き加減を完璧にマスターした。

「ショコラにはパン粥を用意してある。ほら、あーん」

「マー」

ショコラが大きく口を開け、パン粥をむしゃあっと食べた。

唇の端からちょっとこぼしつつ、むにゅむにゅ咀嚼《そしゃく》する。

余はテーブルの上の布を使い、ショコラの口を拭いてやった。

「ピャー」

顔を拭かれるのを嫌がるショコラ。

逃げるな逃げるな。

お洋服がパン粥のミルクで汚れてしまうではないか。

「ピャピャ！」

ショコラはテーブルをぺちぺち叩きながら、パン粥のお代わりを要求した。

とてもよく食べる。

巷の赤ちゃんは好き嫌いが多かったり、アレルギーがあったり、ご飯で遊んだりと大変らしい。

だが、うちのショコラはとても食い意地が張っているため、目の前にある食物はとりあえず食べてしまわないと気が済まないのだ。

お陰で食事は大変楽なのだが、次から次に食べるため、余とユリスティナが食べている暇が無くなる。

「ユリスティナ、貴様は食事をするのだ。ショコラには余がご飯を与えよう」

「そうしてくれると助かる。実は私もお腹がぺこぺこで」

ユリスティナもとてもよく食べる。

体格的にも標準的な人間の女よりは大柄であるしな。

必要な栄養の量も多いことであろう。

余がショコラに粥を食べさせていると、向かいで猛然とパンを平らげるユリスティナの姿があった。

たっぷりと、バターとジャムを載せて食べる。

スクランブルエッグを載せて食べる。

ユリスティナが作る付け合せは、大抵スクランブルエッグである。

目玉焼きを作っていたはずなのに、目を離すと次の瞬間にはスクランブルエッグになっている。

卵焼きも、大体すぐにスクランブルエッグに変化する。

「はあ、食べた。ショコラも全部食べたようだな、偉いぞ」

「うむ、ショコラは常に偉い」

お腹一杯になり、けぷっとしているショコラ。

余とユリスティナに褒められ、ニコニコしながら「マーウー」と発した。

さて、ショコラをユリスティナに預け、余も朝食をやっつけるとしよう。

第33話　魔王、乳母車を作りに行く

朝食当番がユリスティナである時、片付け当番は余である。

水作製の魔法で水を生み出し、これを用いて食器の汚れを洗い流す。

その後、火と風を組み合わせた温風魔法でこれを乾かせば終了となる。

「手早いものだな……。その魔法、便利そうだから私も覚えようかな」

後ろでじーっと見ていたユリスティナが言う。

「うむ。そう難しいものではない。一般の人間はともかく、貴様ならすぐに覚えられるであろう。今夜辺り教えてやろう」

そのようなやり取りをした後、それでは乳母車とやらを見繕いに行くかという事になった。

余とユリスティナ、厳正なるじゃんけんの結果、今日ショコラを抱っこするのは勝者である余となった。

ふはは、ふかふかもちもちのショコラを抱っこする権利を得たぞ。

「マウーマウー」

「どうしたショコラ、余のあごをペタペタ触って」

「ああ、この間、ブラスコ殿がショコラを抱っこしたんだが、髭《ひげ》の剃り残しでじょりじょりやられてな。ピャーピャー悲鳴を上げていたのだ。お前のあごに髭の剃り残しが無いのが不思議なのだろう」

「この姿は仮の姿故な。そもそも、余にはあご鬚《ひげ》は無い。そういう種類の魔族である。おほー」

ショコラが伸びをして、余の顔にほっぺをすりすりして来た。

なんという役得であろうか。

なんというもちもちすべすべであろうか。

「うらやましい！　うらやましい！」

ユリスティナが悔しがる。

余は、ぐはははは、と笑いつつ、乳母車職人の工房へ向かうのだった。


職人はイシドーロと言い、別に乳母車を専門に作っているわけではなかった。

主に、農具の作製や修理をやっているらしい。

その他、木工全般を担当し、村では重宝されているのだとか。

「おう、あんたが噂のザッハさんか！　村の色々な仕事をそつなくこなす凄い若者が来たって評判だぜ！」

イシドーロはスキンヘッドの大柄な男だった。

顔のあちこちに傷があり、黒く立派なあご鬚を生やし、それがまたよく手入れしてある。強面《こわもて》だが、笑うと実にいい顔になる。

「そうか、余が評判か。それは良いことであるな。余も、貴様が腕の良い職人であるということを聞いてここまでやって来たのだ。期待させてもらうぞ」

余もニヤリと笑う。

その横で、ユリスティナも挨拶をした。

「ユリスティナだ。よろしく頼む、イシドーロ殿。あなたの腕前を見込んで、私たちの娘に乳母車を作って欲しくてやって来たのだ」

割と絶世の美女であるユリスティナが微笑むと、イシドーロがぽかんとして、顔を赤くした。

「お、おう！　任せてくださいよ、姫様！」

「ああ。私もザッハ同様、あなたに期待している」

イシドーロ、俄然《がぜん》張り切りだす。

木工用の板はあらかじめ用意されていて、加工したものを幾つも立てかけて乾燥させている。この板が乳母車専用というわけではなく、様々な用途の材木へと姿かたちを変えるわけだ。

イシドーロはまず、ショコラの寸法を測る。

切り株を使ったテーブルの上で、ショコラが仰向けに転がった。

イシドーロが目盛りを刻んだ金属の棒を持ってきて、赤ちゃんの背丈や足の長さ、胴回りなどを測るのだ。

「この金属は、熱くても寒くてもほとんど伸び縮みしないんだ。じいさんの代から受け継いだ、ミスリルっつー希少な金属でな」

「ほう、ミスリル銀の物差しか。それはなかなかの業物《わざもの》だな」

イシドーロの手際が良いので、余も見入ってしまう。

ショコラは強面の職人に持ち上げられたり、バンザイさせられたりしているのが面白いらしく、キャッキャと喜んでいる。

途中、手を伸ばしてイシドーロの整えられたあご鬚をもさもさ触った。

「俺の鬚が気に入ったのかねえ」

あご鬚をもさもさやられながらも、イシドーロは動じない。

横合いの木板に寸法を刻み込むと、未だ鬚に触るショコラのわき腹をこちょこちょした。

「キャー」

くすぐったがって、手を離すショコラ。

イシドーロはにっこり笑いながら立ち上がった。

「随分、赤ちゃんの扱いに慣れているのだな」

「ああ。俺も以前はかみさんと息子がいたからな」

「ほう、道理でショコラの扱いを心得ていると思った。では貴様の子は店の奥に？」

「いや、以前流行病《はやりやまい》があってな。それで死んだよ。かみさんは産後の肥立ちが悪くてな。それより前に、神様のところに行っちまった」

「そうか」

こらユリスティナ、何をショックを受けた顔をしておるのだ。

今の世の中、イシドーロのような者は珍しくはないぞ。

子どもたちの三分の一ほどは、大人になる事ができず、死ぬ。

「まあ、息子はまだ神様の使いのままだったんだな。あんたの娘さんが、ちゃんと地上に根付くのを祈ってるぜ」

ショコラのふわふわ髪の毛を撫で撫でして、イシドーロは作業に入った。

ユリスティナはショコラを持ち上げると、何やらぎゅーっと抱きしめている。

あ、こら。

今日は余がショコラを抱っこする番だというのに。

まあ仕方あるまい。

ユリスティナは元々お姫様であるし、下々の者が常に死と隣りあわせであるなど、知らなかったのだからな。

それに、彼女はまだ若い。

母親になるとしても、今はまだ少し早いくらいの年頃だ。

その気になれば、不老不死になれる程の神の加護を受けているのだがなあ。

さて、余はイシドーロの作業を見守るとしよう。

余も、魔法を使って乳母車のようなものを作ることはできる。

だが、魔法で作ったものは、常に魔力を込めるか付与していないと分解してしまうのだ。

無理やり部品をくっつけているに過ぎない。

故に、余は聖なる武器や魔法の武具を作る際、魔力を込めながらきちんと素材からこの手で打ち出す。

何気に、鍛冶屋的な技能が高い余である。

そんな余から見ても、イシドーロはなかなかの腕前だ。

切り出した材木の継ぎ目を、段々にする。

材木と材木を組み合わせると、釘も使っていないのにぴしっとはまり込んだ。

これを四方組み合わせ、木槌でコンコン叩くと、乳母車の乗り込む部分が完成だ。

「釘を使わぬのだな」

「おうよ。金属と木ってのは、まあ分かりやすく組み立てられるが、いつか齟齬《そご》が出る。金属も木材も、熱や寒さで伸び縮みするだろ。その割合が違うんだ。だが、同じ木材同士なら、伸び縮みしても齟齬が出ないってわけよ」

下に取り付ける車輪は、あらかじめ組み立てたものが幾つか存在しているようだ。

それも木製なのだが、余が目を見張ったのは構造だ。

木の皮を薄く削って作った、板ばねが仕込まれている。

「これは何だ？　何故、板ばねがあるのだ」

「お！　一目でこいつをばねだって見抜くとは。あんたやるな。乳母車で路面を走るとガタガタ言うだろ？　大きい都市の舗装された道ならともかく、こんな田舎の村の道じゃ石ころだって転がってる。だからな。ガタガタ言うのはこのばねで吸収しちまうんだ。そうすりゃ、赤ん坊に衝撃が伝わってこねえ」

「ほお……！　大したものだ」

余は感心してしまった。

人間の職人技、なかなかのものだな。

余も鍛冶師としてそれなりの腕前があるが故に、イシドーロの技術を裏打ちする研鑽と、工夫は素晴らしいものだと分かる。

「あとはこのまま馴染ませるだけだ。二、三日したらまた来てくれよ。代金はその時でいいぜ」

「うむ。仕上がりも良いな。感謝する」

「こちらこそ、久々に緊張感ある仕事をしたぜ。ザッハさん、あんたも何かの職人だろ。目が違うわ」

「分かるか。余は実は鍛冶も嗜《たしな》んでいてな」

「やっぱりか！　しかも嗜むなんて次元じゃねえだろそれ。じゃあ今度、俺の工具を見てくれよ。たまに都会に出て買ってくるんだけどよ、最近馴染みの店の親方が代替わりして、なんつうかモノが悪くなってな」

「うむ、構わぬ。ならば、余が手ずから貴様の工具を打ってやろうではないか」

「本当か！　助かるぜ！」

余とイシドーロ、堅い握手を交わす。

余もこの木工職人が気に入ってしまった。

どれ、聖剣を作り出した我が手で、イシドーロの工具を作ってやろうではないか。


帰り道で、ユリスティナが意外そうに聞いてきた。

「知らなかった。ザッハトール、お前は鍛冶もやっていたのか。魔王なんて王座でふんぞり返って、あごで手下をこき使うものだとばかり思っていたが」

「余は自ら率先して動く魔王であるからな。部下も育てるが、緊急時には余が全て対処した方が早い」

「意外だなあ。私の父上は、自ら動くことなど滅多にないのに」

「人の王であればそれで良かろう。臣も様々な業務に対応した者が揃っていよう。魔界はな、少々武力に偏っておってな……」

遠い目をする余。

ユリスティナはいちいち頷いて、感心している。

そして、何か思いついたようだ。

「そうだ！　では今度、私の聖剣の具合を見て欲しい。新たな六大軍王ドラッゲルとの戦いの前に、神の伝承を語り継いだ一族から託されたものなのだが、使うたびにパワーアップしていっているようで」

「えっ。何その機能。余、知らない」

「……？　それはそうだろう。聖剣ジャスティカリバーについて、魔王であるお前が知っているはずが無いだろう」

危ない！

余は慌ててお口をチャックした。

あれが余が作ったもので、一族も余が演出した魔族の劇団だったと知られてはならんのだ。

しかし解せぬ。

なんでジャスティカリバー、パワーアップしてるの。

第34話　魔王、何者かの侵入を知る

乳母車を注文した帰りである。
余がベーシク村の周囲に張り巡らせた罠に、何者かが掛かったのが分かった。
『パズス』
『ウキッ、ここに！』
念話で呼び出すと、紫色のお猿から返答がある。
『敵がやって来たようである。見に行ってくるのだ』
『かしこまりでウキッ。ちょっとこども園の方に説明してから抜け出しますんで……』
『世話を掛けるな。後で余がおやつを作ってやろう』
『うひょー！　光栄ですウキキッ！』
パズスの念話がやる気満々になった。
ユリスティナは余を横目で見て、肩を竦めた。
「また念話で会話しているな。パズスか」
「!?　なぜ分かる」

「ザッハが何か頼む時、大体最初はパズスだからだ。私も近ごろは、お使いの荷物持ちを手伝ってもらったりしている。お駄賃は果物でいいそうだぞ」

「余の四魔将をお手伝いさんみたいに使わないで欲しい」

いや待てよ。

パズス、余のおやつでテンションが上がったな。

最近、魔将であるという自覚を忘れてただの喋れるお猿さんになっていないか？

今度魔将を集めて、我らのスタンスをはっきりさせておくべきかも知れぬな。

魔将ミーティングだ。

『魔王様ーっ、魔王様ーっ、こちら現場のパズスです！』

『はいはい、パズス、どうぞ』

『実況します！　えーと、魔法学院の連中ではないですね。罠にかかったのは、魔法使いを含む傭兵の一行のようで……ええと、あれは最近噂になっている冒険者というやつじゃないですかね？』

『ほう、冒険者とな』

パズスの視界を共有する。

それは上空から、罠を仕掛けた橋のあたりを見下ろした風景である。

一行の数は五人。

戦士二名に軽装の女一人、ローブを着た男が一人に、神官らしき男が一人。

『あれか。勇者パーティのフォロワーが始めたというあれか』

『でしょうねえ。魔王様が卵を温めている間に、冒険者ギルドなるものも発足しているようで。連中、どこかから仕事を請け負って動くので、十中八九魔法学院の依頼でやって来てるんじゃないですかね』

『ほほう。では、まだ話し合いの余地があるかも知れぬな。良かろう、余が行って話し合いを』

「マウマウー」

念話の途中だが、ショコラが余のほっぺたをぺたぺたした。

あー、これはショコラが遊んで欲しいやつである。

余は動けないなー。

『ショコラと遊ぶので動けぬ。代わりにベリアル行ってきて』

『御意にございます、我が偉大なる魔王！　我が、崇高にしていと気高く、そして尊き魔王様!!』

こやつ、表立っては余を魔王と呼べぬから、ここぞとばかりに念話で連発しておるな。

修辞が長いと言うのに。

『一応、敵対の意思を確認せよ。あくまで敵であるならば対処は任せる。だが話し合いに応じるようであれば、それで解決するのだ』

『お任せ下さい、我が魔王よ！』

『ってことで、ベリアルさんめちゃくちゃテンションが上がってるんで、おいら、抑えに回ります』

『うむ、いつも世話を掛けるな』

『そりゃ言わない約束ですよ、ウキキッ』

ということで、四魔将への指示は終わった。

これがオロチやブリザードとフレイムなら、冒険者たちの滅殺は確定になってしまうので、人選というのは大変大事なのだ。

「話は終わった？　じゃあ帰ってお昼にしよう。買い置きの野菜があるから、炒め物でいいか？」

「うむ。野菜炒めは豪快なユリスティナでも美味しく作れるからな」

我らは帰宅するのである。

「ザッハ、我が家の鍋だと、一度に作れる量に限界があってな。こう……私がお腹いっぱいになるには少し足りないというか。そこで、大きな鍋を鍛えてほしいのだ、鍛冶師でもあるのだろう？」

「ほう、余に鍋を作れと言うのか？　……良かろう！　程よい感じで鍋を作っておこう」

今日の午後は鍋づくりだな。

マウマウ言う、ご機嫌なショコラと遊んでいると、ユリスティナが豪快に野菜を炒める音が聞こえてくる。

ショコラ用のそれは一口大に切って、程よい温度に冷ましておくのだ。

『魔王様、交渉始まりましたー』

『ご苦労である。そのまま実況するのだ』

現場のパズスによると、やって来た冒険者は、やはり魔法学院からの依頼を受けていたということだ。

パーティのリーダーである戦士が、ベリアルとの話し合いに入っている。

彼らは余が仕掛けたべたべたする罠に掛かり、一歩も動けない状態なのだ。

交渉に応じるのが賢明であろう。

『ははあ、こいつら、最初から交渉するつもりで来てるみたいですねえ。ベリアルさん、すっかりやる気を失ってます』

『あやつ、何気に強者と戦うの好きだからなあ。どうだ、パズス的に見て、冒険者たちは安全な連中っぽいか？』

『大した実力じゃないですから、まあ人畜無害ですねえ。どうします？』

『我が家まで連れてくるが良い。余が手ずからお茶を淹れて、話を聞き出すとしよう』

『了解、ウキキッ！』

話が終わったところで、ちょうど野菜炒めも仕上がったようである。

大きな皿に山盛りになった炒め物がどっさりだ。

野菜の他、村で保存している干し肉の、古くなったものを水で戻して使用している。

「ユリスティナ。これより、我が家に客人が来る。冒険者とやらなのだが」

「ああ、知っている。しかし、このような何も事件が起こらない村に冒険者だと？　なにか起こったとしても、お前が全て解決してしまうだろう」

「その、余の存在が厄介事を招き寄せているかも知れぬのでな。かと言って、余はショコラを育てる関係上、この村を離れる訳にはいかんのだ」

「そうだな。ショコラには友達も必要だし、私も周りの人たちからたくさんの事を教えてもらっている。ベーシク村から離れるのは良くないな。それに……魔王が厄介事を起こすのは普通のことだろう。たまには私を頼れ、ザッハ」

ほう……！

今一瞬、ユリスティナが頼もしく見えたぞ。

その後、我が家に冒険者一行がやって来た。

彼らはパズスに案内されつつ、緊張した面持ちであった。

だが、案内された先にユリスティナがいたので大いに驚いたようである。

「ほ……本物のユリスティナ様……!?」

「聖騎士ユリスティナに会えるなんて！」

そして、赤ちゃんを抱っこしているので二度びっくり。

「ユリスティナ様に子どもが!?」

「誰の子どもなの……!?」

「余だよ」

余が姿を現し、これより冒険者たちとの会談となった。

「多分、貴様らガーディアス……ガーディや魔法学院から依頼を受けてると思うのだが」

「あ、そうです」

冒険者はアッサリと話した。

余が仕掛けた罠に嵌《はま》った時点で、彼らの仕事は事実上失敗しているのである。

茶など出しつつ話を聞いていると、魔法学院はベーシク村を調査して報告せよという依頼を出していたという。

ふむ。

おかしいな。

調査能力であれば、学院の魔法使いのほうが高かろう。

どこの馬の骨とも知れぬ冒険者を使う理由があるか？

「ザッハ、これはちょっとおかしいな。お前が何度か私たちに仕掛けてきた作戦を考えると、これはつまり、陽動なのでは？」

「あっ、貴様もそう思うか。そうだなあ、余もそう思う」

余とユリスティナが頷きあっているのを、冒険者たちはポカンとして眺めている。

陽動作戦だとすると、この冒険者たちは捨て駒であるな。

で、本隊は別のところから向かってくると。

例えば、空とか。

余は窓を開けて、空を見上げた。

魔法学院の者どもめ、冒険者を使って罠の所在を調べ、対策してこちらに攻めてきたというわけだ。

案の定、ゼニゲーバ王国側の空から多数の魔法の反応がある。

『オロチ、ブリザード、フレイム、貴様らの出番である。迎え撃て』

『はーいっ!!　わたくしにお任せ下さい、愛しい魔王様ぁー!!』

『御意！』

『待ってたぜ！　やっと暴れられる！』

『ベリアルは……』

『既に現着しております、我が偉大なる魔王よ!!』

状況を確認した後、余は冒険者たちに向き直った。

「まあ気にするでない。それより、茶と茶菓子を楽しんで行け。そして貴様ら、残念だが前金以外の報酬はもらえぬかも知れぬぞ」

余と魔将たちが、これより魔法学院を叩くからな。

第35話　魔王、ガーディアスとまみえる

ベーシク村から見える空の上で、我が四魔将と魔法学院の戦いが始まった。

いや、戦いと言っても、こちらが注意することは下手に犠牲を出し過ぎないようにするくらいで、あとは特に気を付けることはない。

むしろ、オロチとブリザード、フレイムが暴走しないよう、ベリアルとパズスの管理能力が火を吹く戦いと言えよう。

がんばれ、良識派四魔将の二人よ。

『あっ、魔王様！　地上からも何か来ます！　ありゃゴーレムですな。物量で来てます！　べたべたで足止めされたら、その上を乗り越えていく感じで』

『無茶をするものである。魔法学院め、今期の予算はこれで使い切ってしまうではないか』

余はハラハラした。

そんな余の浮かぬ顔を見て、ユリスティナが肩を叩いてくる。

「手が足りないか？」

「いや、足りないことは足りないのだが、余が出れば間に合う」

「ならば私が出よう」

なんと！

ユリスティナがそう申し出てくれるとは意外であった。

彼女は聖騎士であり、人類の守護者である。

勇者ガイと違い、余が特にマッチポンプしてないのに自然発生的に誕生した、規格外の超人類である。

そんな彼女が、人類側である魔法学院と戦ってくれるとは。

「ショコラのためだ！　敵はゴーレムだと？　良かった、ならば遠慮はいらないな」

ユリスティナは微笑むと、その足で外へと駆け出していった。

うむ、これでゴーレムは全滅したな。

さて、それでは余は……と。

「ピョ」

ショコラが這い這いしてきて、余のズボンを引っ張った。

おお、そうであるな。

ユリスティナがいない以上、ショコラ担当は余である。

「よし、ショコラ、ちょっと散歩に出るとしよう」

「ピャー」

ショコラが良いお返事をする。

余は素早く、ショコラをおんぶ紐で固定した。

スッと立ち上がった余を見て、まだ家の中にいた冒険者たちがざわめく。

「あの、どこ行くんですか」

「少々散歩にな。貴様らの依頼主が、貴様らを囮《おとり》にして本隊を差し向けてきた。どう転んでも絶対に負けぬが、ガーディアスだけは少々きな臭いのでな。余が直々にお話をしてくる」

「赤ちゃん連れで……？」

「貴様……。赤ちゃんを一人置いていったらかわいそうであろう」

「そ、そうかな……？」

ということで、冒険者たちを置いて外に出る余であった。


ここで、戦況を確認してみることにする。

余の視点はそれぞれの魔将と同期し、あるいは空高くに出現し、村を鳥瞰図《ちようかんず》で眺めることができるようになる。

村の北部では、群がる魔法の装備に身を固めた戦士たちが攻め込んできていた。

これに相対するのは四魔将、北のブリザード。

「女一人でこの人数の前に立ち塞がるとは、見上げた度胸だ」

「どけ、命はないぞ！」

戦士たちの声が彼女に注がれる。

氷の彫像にも似たブリザードの顔に、一切の動揺はない。

「我が主より受けた命を実行する。お前たちの排除だ」

それだけ告げると、ブリザードの周囲に魔力が渦を巻き始めた。

戦士たちが一斉に戦闘状態になる。

ほう、それなりに練度が高いようだ。

どうやら傭兵のようだが、魔法の装備を貸し与えられているのだろう。

ブリザードの外見で油断せず、彼女が魔法を使用し始めた瞬間に戦いを始める辺り、荒事には慣れているのではないか。

恐らく、どこぞで我が魔王軍と戦っていた者たちであろう。

だが、見たところ並程度の手練だな。

「一斉にかかるぞ！　盾、前へ！　弓を射よ！　魔法が終了後、俺たちで片を付ける！」

戦士たちのリーダーがそう宣言する。

盾を構えた戦士団が前に出て、ブリザードに対する壁を作った瞬間、状況は始まった。

「氷柱投射《アイシクルランス》」

ブリザードの周囲に生まれた魔力が、凍結して巨大な氷柱《つらら》の群れとなる。

それは戦士団の前衛、後衛関係なく、頭上から一気に降り注いだ。

盾が砕け散る。戦士たちが串刺しになる。弓の弦《つる》が切れ、その場には凍りついた血の花が咲いた。

「ば……バカな……」

ただ一人、辛うじて生き残っている戦士団のリーダー。

一瞬で氷の平原と化した戦場に佇む、ブリザード。

二人の視線が交錯した。

「……やり過ぎた。魔王様に怒られる」

ブリザードが小声で呟いた。

よく分かっておるようではないか。

今回は、余が倒れた連中に、遠隔で回復魔法を掛けておこう。

魔法の加減について、こやつには後でしっかり教えておかんとな。

ちなみに戦士団の隊長はすっかり戦意を失い、ブリザードの前で膝を突いた。

圧倒的な強者を前に、勇者パーティでも無い者が戦う意思を保ち続けることは容易ではないのだ。

さて……ブリザードよりも心配な者がおるな。

余が思った次の瞬間だった。

森の奥で、ド派手な火柱が上がった。

あー。

フレイム、やってしまったなあ……。

これは全滅だわ。

フレイムの目を借りて戦場を見ると、そこは死屍累々。

真紅の鎧を纏い、炎の髪を揺らす、真の姿のフレイム一人が傲然と立っている。

「がっはっはっは!!　こんなもんか、人間！　こんなもんで、魔王様に挑もうと言うのかよ！　へそで茶が沸騰するぜ!!」

こっちはやらかしたことに気付いていないようなので、余は時空を越えて拳骨《げんこつ》を飛ばした。

ごちんと、フレイムの頭を小突く。

「痛い!?　ま、魔王様!?」

『あとでお説教だぞ』

「ひやー」

そして、もう一人頭の痛いのが……。

視線を移せば、そこはオロチが担当する東の戦場。

空から、陸から襲いかかる魔法使いと、彼らが行使する魔法兵器の群れ。

あっ、あれは余が寄付した魔導アーマーではないか！

こんな村一つを落とすために投入するとは勿体ない。

そしてその魔導アーマーの軍勢は、オロチの炎のブレスでどろどろに溶かされた。

飛んでくる魔法使いは、オロチの尻尾が叩き落とす。

放たれる魔法は、オロチが纏う魔力の壁に阻まれて届かない。

次元が違いすぎる。

肉体的強靱さで言えば、ベリアルに次ぐオロチである。

勇者パーティ以外では太刀打ちできまい。

それがたとえ、力の大半を削がれた今のオロチであってもだ。

「ひいい、王都に出てきた化け物がどうしてここに！　強い、強すぎる……!!　こんなの無理に決まってる！」

魔法使いたちが、次々に逃げ出していく。

『おほほほほ！　他愛もないですわね！　いつもなら炎で焼き尽くして、生き残りは美味しく呑み込んでやるところですけれど、魔王様はお優しい方。お前たちは生かしておいてあげますわ！　ただし！』

オロチの双眸が輝く。

それに中《あ》てられた魔法使いたちが、次々に腰を抜かし、へたり込んでいった。

『わたくしに対する恐怖というものを、魂の奥底に刻み込んでやりますわね……！』

かくして、趨勢は決した。

うむ、ここは問題なさそうであるな。オロチ、きちんと学習しているではないか。

ちなみにパズスが担当した戦場では、一瞬で全ての魔法使い、戦士たちがパズスの幻術に搦め捕られていた。

彼らは、存在しない魔族の軍勢と会敵し、体力と魔力が尽きるまで戦い続けることになるだろう。

そしてここからがパズスの上手いところである。

魔法使いや戦士たちが、魔法を使い、あるいは武器を振り回して戦うたび、彼らからこの村に関する記憶が抜け落ちていく仕掛けがしてあるのである。

これが、パズスが仕掛けた罠であった。

紫のお猿は、既に戦うこと無く、近くの木の上で果物を食べている。

「ウキッ、こっちは片付いてますよ。魔王様、見回りご苦労さまです」

『うむ。いつもながら良い働きよ。あとは余がやる故、のんびりしておれ』

「かしこまりましてございます！」

そして最後は、ユリスティナ。

彼女の戦場は、豪快そのものだった。

「な、なぜ姫騎士が我々に敵対を!!」

「知れたことだ。この先にある村を守るため」

「あの村には強大な魔族が住んでいるのだぞ！　滅ぼさねばならん！　仮にも勇者の仲間であった聖騎士が魔族に与《くみ》するというのか！」

「魔族ではない」

ユリスティナはジャスティカリバーを握りしめ、高らかに宣言した。

「私は赤ちゃん《ショコラ》に与する」

「――――は？」

ゴーレムを率いる魔法使いたちが、一瞬呆《ほう》けた。

その直後には、ユリスティナの剣が横薙ぎに振るわれている。

輝きが魔法使いたちを通り抜けた。

聖なる斬撃は、人の子を傷つけない。

魔なるものだけを滅ぼすのだ。

魔法使いたちが従えたゴーレムは、この一撃で全て砕け散った。

「ゴ、ゴーレムが全て！」

「バカな！　聖騎士ユリスティナはこれほどの強さを……!?」

「私だって、日々腕を磨いているのだ。昨日の私のままではない。そうでなければ、ショコラを守れないからな」

誇らしげに、彼女は告げた。

素晴らしい……。

余はジーンと来た。


これで、ほぼ全ての戦場の視察は終わった。

余は村の中心にある井戸までやって来た。

ここからなら、敵の本隊がやって来るであろう、頭上を見渡すことができるからだ。

近所の奥さんたちが井戸の近くに集まっており、空を眺めながら不安そうな顔をしている。

余は彼女たちの輪に入った。

「元気かね、奥さんたち」

「あらザッハさん」

「あのね、空で変なことが起きてるみたいで……。また戦争になるのかねえ……」

「もう、あんな悲惨な戦いは嫌だよ」

「戦争はもう起こらぬよ。空で何かやっているのも、一刻もせぬうちに片付けておこう」

余は奥さんたちに保証した。

不思議そうに余を見る彼女たちを背に、余は指を打ち鳴らした。

「オールステイシス」

時間が止まる。

この隙に、余は魔闘気を纏って飛び上がるのである。

まだ、余が魔法を使えることは伏せておかねばならぬからな。

四魔将たちが、ユリスティナが制圧した戦場を見下ろしながら飛ぶ。

すると、ベリアルが余の隣に並んだ。

「進捗はどうか？」

「会敵と同時に空の軍勢は片付けてございます、我が偉大なる魔王よ」

なるほど、空には戦いの跡が見える。

余が時を止める寸前に、空の魔法使いたちを全て無力化したのだろう。

ベリアルの周囲には、意識のない魔法使いが多く浮遊していた。

「ご覧のとおり、道は空けてございます。どうぞお通りを」

「ご苦労」

余が他の魔将を見ている内に、手早く自らの仕事を終えたというわけだ。

こやつが、あの曲者ぞろいの魔将の中で、筆頭を務めていられる所以《ゆえん》である。

仕事の速さ、気配り、そして実力。

オールステイシスの中で動き回れるのは、こやつと、あるいは魔神の手の者くらいであろうな。

「来たか!! わしが連れてきた軍勢が、一瞬で……。半年の間してきた用意を、こうも容易く粉砕とはな……。勇者パーティに負けたとは言え、流石は魔将と言ったところか！」

余とベリアルに声を掛けてくる者がいる。

人の姿をしている、八騎陣ガーディアス。

この、時が止まった空間において、自由に動ける者。

ベリアル以外でオールステイシスの中を動き回れるこやつは、間違いなく……。

魔神の手に落ちたのであろう。

「姿形は変わっているが……間違いなくその魔闘気は、魔王様……いや、ザッハトール！ この裏切り者め！」

ガーディアスがいきなり大きい声を出したので、余は背中のショコラを気にした。

あ、時間を止めているのだったな。

「余所見をするな！」

「赤ちゃんが気になったのだ」

「このわしを前にして、ドラゴンの赤子などを気にするとは……!! お前、どこまでわしを、魔族を愚弄すれば気が済むのだ！」

「仕方なかろう。赤ちゃんが泣くと大変なのだぞ。それに赤ちゃんだって一生懸命なのだ。向き合うこちらが真剣でなくてどうする」

「うだうだと無意味なことばかり……！　やはり、魔神の言葉の通り、お前は魔族を裏切ったのだな、ザッハトール！　勇者にわしら魔族を売り渡し……！」

ほうほう。

こやつ、魔神から色々吹き込まれておったな？

怒りに満ちたガーディアスの姿が変わっていく。

余が知るガーディアスは、角の生えた赤い肌の巨人だ。

だが今、正体を現したガーディアスは、真っ青な肌の全身に金色の入れ墨が彫られた外見だ。

「貴様、魔神から力をもらったのか。ほうほう、強くなっておるな」

余もまた、久々に己を覆う幻像を解く。

闇の衣が翻る。

漆黒の甲冑にも似た、余の真の姿が顕《あらわ》となった。

そして、ショコラが落ちないようにそーっと魔闘気とおんぶ紐で固定した。

よし。

『わしらは、魔族はお前に夢を託していたのだ！　あと少しで世界を征服できたというのに、お前はその寸前で裏切った！　なぜだ！　なぜ勇者を呼び寄せ、次々と魔王軍を打ち破らせた！』

あっ、こやつ、余が勇者を育てたり装備を与えたりしたことまでは知らないのだな。

魔神の情報収集も穴はあるか。

「余はそもそも、世界を征服するつもりなど無かった。飽いていたのだよ、千年の治世に。それ故の地上世界の侵略よ」

『なん……だと……!? まさか、ただの暇つぶしだったと言うのか!?』

「そうなるな」

ガーディアスがぶるぶると震えた。

そして、その全身から稲妻が放たれる。

ほうほう、これは、半年前に戦った偽勇者パーティの魔法使いが使ったものの大規模版だな。

稲妻が魔闘気とぶつかり合い、あちこちで爆発が起こる。

『許さん……! 許さんぞザッハトール!! お前は、我ら魔族の夢を踏みにじった! 裏切り者め! 絶対に許すことはできん!!』

血を吐くようなガーディアスの絶叫。

だが、余はこれに、ため息をつく他無かった。

「ならば、さっさと余の首を取りに来たら良かったであろう。魔王とは力の権化ぞ? 余を倒せばその者が魔王だ。新たな魔王の下で世界征服でもなんでもしたら良かったのだ。それに、世界など征服してどうする。管理する対象が増えるだけではないか。面倒なだけだぞ」

そう。

余は世界征服なんかする気はさらさら無かったのだ。

だって、魔族を千年治めていたのに、さらに地上世界までこの先治めなくてはいけないのかと考えると気が遠くなる。

千年の治世に飽いていたのもあったが、魔王が勇者に倒され、戦いが終わるという演出は、あれで良い幕引きだったのではないかなーと思っているのだ。

『うるさい！　黙れザッハトール！　なぜ最後まで夢を見させてくれなかった！　わしは、わしはずっとお前の……あなたの背中を見て走ってきたのに！　あなたは魔族の誇りで、魔族の象徴そのもので……!!』

ガーディアスの手に、稲妻が宿る。

それが大きな矛になり、余に向かって突き出された。

闇の衣とぶつかり、火花が散る。

「そこを魔神に付け込まれたか。余は付き合いが長いから知っているが、魔神はろくでなしだぞ」

余の腕が、稲妻の矛を受け止め、払った。

ガーディアスの体勢が崩れる。

だが、それはすぐに、見えない力に引っ張られるようにして姿勢を戻した。

なんだ？　不自然な動きをしたな。

今度は余が、魔法で仕掛けてみる。

指を鳴らすと周囲の魔力が鳴動し、魔法を発動した。

「風の大鉈《ウインドハチエット》」

放たれた、風属性の対単体魔法最大の一撃は、狙い過《あやま》たずガーディアスの体を縦に断ち割った。

『うごごごごご……！　まだだ、まだ負けぬぞ‼』

断ち割られたはずのガーディアスが、金色の稲妻を全身に纏い、再び一つに繋がっていく。

なんだ、これは？

ガーディアスが魔神に与えられた力とでも言うのか？

それにしては、こやつが己の意思で使っているようにも見えぬ。

それに、縦に割られて生きていられる魔族などそうはおらぬ。

「ガーディアス。どうやら貴様、実は既に死んでいるな？　勇者パーティは、確かに貴様という魔族を滅ぼしていたらしい。今の貴様は、魔神の力で動いておるのであろう」

『ザッハトール！　許さん、許さんぞぉ！　わしの命が続く限り、お前を、お前をぉ！』

まだ、怨嗟を叫ぶガーディアスを前に、余は目を凝らした。

視界に魔力が宿り、隠されていたものが見えるようになる。

ふむ、ガーディアスの全身に、色の違う稲妻が絡みついている。

それは腕に、足に、体に纏わり付き、今は余によって断ち切られた場所全体を塞ぐように、ぐるぐると巻き付いていた。

これは、魔神による操り糸のようなものではないか？

それがガーディアスを操り、支援していたから、こやつはおかしな動きをしていたのだ。

そしてこの操り糸の先は、余を良く思っていない魔神へと繋がっていよう。

魔族を操り人形として使うとは。

余に不満を持っていたとは言え、かつて余に従った可愛い部下の一人であるぞ。

「そのうち、魔神は一度懲らしめてやらねばならぬな」

余はガーディアスに向けて手を開いた。

「これ以上、空虚な言葉に耳を傾ける気は無い。聞こえているか、魔神よ。操り人形に代弁などさせず、貴様がこちらに来て言いたいことを言えば良いのだ。――――さらばだガーディアス。死してなお、余に何かを伝えようとした貴様の事は忘れまい。そして貴様が心配していたであろう魔族の方は余もそれなりにケアしに行くから安心せよ」

『ザッハトー……！』

「オールイレイザー」

余はその魔法の名を口にした。手のひらから、凍てつくような輝きが放たれる。

広がりゆく波動のようなそれが、ガーディアスを飲み込み、稲妻を飲み込み、魔神と繋がる糸を飲み込んだ。

魔法的なもの全てを消し去る、消滅の魔法がこれである。

この間は勢い余ってオロチを消したが。

『ああ……おおお……！』

魔神の糸が消え、ガーディアスの姿が見知った赤い肌の巨人に戻っていく。

そして、それもまた光の中に消える。

最後にガーディアスは余を見ながら、口を動かした。

『魔王様……またお会いできて……良かった……。わしは……わしはあなたを、心より尊敬して、憧れて……』

「うむ。大儀である」

伸ばされたガーディアスの手を、余は握った。

そして余が手を開いた時には、そこに何も存在してはいなかった。

こうして、戦いは終わりを告げたのである。

エピローグ　魔王、乳母車を受け取る

saikyou maou no
dragon akachan ikuji senki

ベーシク村は今日も平和である。

嵐の後のなんとやら。

余は村のあちこちで仕事を手伝い、あるいは子どもたちに魔法を教えたりして過ごしている。

最近、酪農家の人と仲良くなり、乳搾りを手伝う代わりに牛乳を分けてもらえるようになった。

これを用いて、菓子などを作るのである。

村の子どもたちの間では、「ショコラちゃんのお父さんはお菓子作りのてんさい」という評判が立っているようだ。

フフフ、村人の人心掌握は着々と進行しておる。

次はリクエストでケーキがあったので、鶏の世話を手伝って卵をもらってくることにしよう。

ちなみに今日のショコラのおやつは、定番のミルクプリンである。

「ショコラ、お菓子ができたぞ」

「ピョ！」

プリンのいい匂いをかいで、ショコラがパッと振り返った。

先程まで振り回していたおもちゃを放り出し、猛烈な勢いで這い這いしてくる。

「マウマー！」

招くユリスティナの膝の上によじ登ったショコラ。

「おいでおいで」

あーんとお口を大きく開けて、プリンの到着を待つ。

ユリスティナも加減というものを知らぬ。

ボウルいっぱいにみっしりと詰まったプリンを、大匙でごっそり掬い、ショコラの口へ運ぶ。

ショコラはそのプリンを、つるつるつるっと吸った。

これ、噛んでないのではないか。というか、小さい皿によそらなくて良いのか？

余はちょっと心配した。

「ミャウー」

おお、大丈夫であった。

口をリスみたいに膨らませたショコラが、むにゅむにゅとプリンを噛んでいる。

ご機嫌である。

ユリスティナのお菓子は、ショコラに合格点をもらったのだ。

ショコラのお腹が膨れたところで、我らは乳母車を受け取りに出かけた。

ずっと待っていたらしきイシドーロが、余の姿を認めると、すぐさま工房の奥へと引っ込んだ。

そして、見事な作りの乳母車を持ってくる。

表には獣の革が貼られ、内には藁が敷き詰められている。

この上に布を敷き、赤ちゃんが入るのだ。

ちなみに藁は虫が住み着いたり湿気《しけ》るなどして劣化するため、大体数日に一度交換する。

使い終わった藁は、牛が食べる。

エコである。

「どうだい。ショコラちゃんがちょっとくらいでかくなってもいいように、余裕を持たせて作ったぜ。その間は、藁を多めにして布で覆ってくれ」

「うむ、感謝する。ショコラ、乳母車であるぞ」

「ピョー？」

ショコラはこの、不思議な乗り物を目を丸くして見つめている。

そこに余が乗せてやると、ちょうど良い広さと乗り心地に、みるみる笑顔になった。

「マウマ！」

「満足らしい」

ユリスティナがショコラの言葉を代弁した。

我らは赤ちゃん語は分からぬが、ショコラはすぐ顔に出るから、思っている事がとても分かりやすい。

「イシドーロ、良い仕事であった。これは報酬代わりの工具である。余がこの間作っておいた。刃先は余が秘密裏に入手したアダマンタイトを使っておるから気をつけて使うのだぞ」

「おお、感謝するぜ、ザッハさん。……アダマンタイト？　なんだそりゃ。いや、銀色に光り輝いてやがる……」

「ダイヤモンドに等しい硬度を持つ鉱石である。金属自体の時間を止めてある故、勇者による必殺技でも食らわぬ限りは刃こぼれすることは無い。話によると、このユリスティナが使う聖剣も同じ素材で作られているのだぞ」

「そりゃすげえ！　ちょっと使ってみていいかい？」

「うむ。切れ味抜群故、気をつけてな」

その後、工房から、「うおー!!　硬い木の板がパンを削るみたいに簡単に彫れるぜ!!」という喜びの声が聞こえてきた。

気に入ってもらえて何よりである。

「……あれ？　どうしてザッハがジャスティカリバーの材質を知っているんだ……？」

「それは聖騎士マニア界隈では常識であるぞ？　そもそも聖剣とはアダマンタイトで作られるものなのだ」

ユリスティナが危険な疑問を抱いたので、ノーウェイトで返答しておく。

今考えた。

危ない危ない。

ついつい、ユリスティナがかつて余と戦っていた聖騎士であることを忘れてしまう。

下手なことを話せば家庭崩壊である。

そんなことをしたら、ショコラを養育する環境が悪化してしまう。

それだけは避けねばならぬ。

「おお、ザッハ！　この乳母車凄いぞ！　砂利の上を走っても、ショコラに来る振動が全然少ない！」

ユリスティナのはしゃぐ声が聞こえた。

あやつ、もうさっき何を話していたのか忘れたな。

だが、余だってショコラを乗せた乳母車を押してみたいのだ。

「待つのだユリスティナ！　一人で堪能するのはずるいのだぞ!!」

「マーウー！」

大喜びのショコラ目掛けて、余も駆け寄って行くのである。

書き下ろし　いかにして彼は勇者となったのか

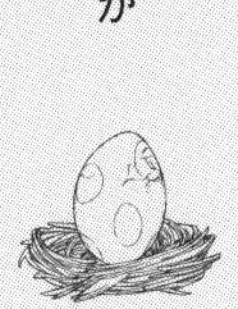

saikyou maou no
dragon akachan ikuji senki

余、ザッハトールは、今始まろうとしている歴史的瞬間のため、緊張の色を隠せないでいた。

何を隠そう、これから余は、我ら魔王軍にとって最大の敵となるであろう存在を誕生させようとしているのである。

勇者。

それはもともと、この世界には存在しない概念だ。

何故か、余の中にだけその存在に関する知識がある。

勇者とは、魔王を倒し、世界を救う者である。

勇者とは、人々を助け、絶望を希望に変える者である。

勇者とは、闇を払う唯一の光である。

勇者よ、今こそ、貴様の助けが必要なのだ。

『余はやり過ぎた……！　勇者よ、人間を救うのだ……！』

余は握った拳に、ぐっと力を込めた。

「あのー、魔王様？」

そんな余を心配そうに覗き込む者がいる。

真っ白な肌に、目も耳も鼻も無い、つるりとした外見の魔族である。

彼らは魔族ドッペルゲンガー。

どんな人間にも、魔族にも化けることが可能な存在だ。

そして、余がこれから始めようとする計画にとって、極めて重要な役割を果たす存在だった。

『おお、心配をかけたな。問題はない。では、先程の通り、フェイズ1から順番に通してやってみるのだ』

「はい！」

ドッペルゲンガーたちの声が響く。

この場には、実に数十体ものドッペルゲンガーがひしめいていた。

彼らは皆、余が作った脚本を手にし、熱心に読み込んでいる。

ここ一週間の間、余は彼らとともに、とある計画のための仕込みを行っていた。

この計画が成功した暁には、世界に勇者が誕生するのである。

『良いか。貴様らは、勇者という存在を祀る伝説の一族。歴史の陰に埋もれ、今では語る者もいない……。だが、こうして魔王軍が世界を支配しようとする状況を憂い、ついに表の世界へと姿を現したのだ……！！』

「な、なんだってーっ!?」

少年が絶叫する。

彼は今、世界に秘められた真実を聞き、驚愕しているところだった。

「伝説の勇者……!?　この、俺がか!?」

「その通りでございます。我ら、勇者を祀る竜の民は、貴方様を千年の間お探し申し上げておりました……！」

少年の前に跪《ひざまず》く老人と、彼に従う人々。

ついさっきまで、村の少年Aに過ぎなかった彼は、戸惑いの色を隠せない。

だが、頬は紅潮し、浮かぶ笑みを隠せないでいた。

誰だって、君は特別な存在だと言われて嬉しくないわけがない。

この少年もそうであろう。

しかも、世界初の勇者なのだ。

余が全世界を遠見の水晶球で見回し、魔族のエージェントを実際に派遣し、数万人の候補から吟味を重ねて選ばれたシンデレラボーイ。

それこそがこの少年、ガイなのだった。


「じゃ、行ってくるぜ！」

ガイが旅立つ。

彼は、親の無い子である。

捨てられ、海に流れてきたところを、孤島に住む気のいい魔族たちによって育てられた。

今、その彼が島を巣立つ。

感動の旅立ちである。

「ガイ、無理をするのではないぞ」

見送りの代表は、ガイにとっての親代わりであった闇の大魔導師だ。

漆黒のローブの中は実体のないモヤばかりで、そこから輝く双眸が覗いている。

しかし、こやつのハートはホットである。

余はよーく知ってる。

この間、六大軍王に推挙しようかって言ったら、「うちのガイが心配なんで」と断られたものな。

立派にお父さんをやっているのだ。

大した男である。

そんな彼と、彼に従う村の魔物たち。

それらに見送られ、ガイは丸太の船で大洋へと漕ぎ出した。

二週間に及ぶ勇者としての特訓で、ガイは強くなっている。

ただ一人での航海もなんのそのだ。

余も見守っているしな。

お腹が空くタイミングで、魚をぽいっと船の上に打ち上げさせる。

炎の魔法は教えてあるから、これで魚を焼くのである。

生で食べるとお腹壊すからね。


やがてガイは、新たな島へと上陸した。

そこにある村では、魔族によって人々が苦しめられていた。

そして、余が配置した第二のシンデレラボーイがいる。

村の少年ボップ。

余が魔法の才能を見出し、謎の大魔道士トルテザッハとして接触。魔法のエリート教育を施した少年である。

「お前、すげえ魔法が使えるんだな！　俺はガイ！　勇者ガイだ！」

「あんたがガイ!?　師匠が言ってた奴か。ふーん、まあ、俺の手を貸してやらないこともないけどな」

「頼りにしてるぜボップ!!」

がしっとボップの手を取るガイ。

「お、おう！　いきなり距離感が近い奴だな！　変な奴だ！　だけど、嫌いじゃない」

こうして、勇者と魔法使いのタッグが生まれた。

さらに二人は旅を続けていく。


そして、次なる余が企画したイベント……もとい、事件に遭遇するのだ。

大国、ホーリー王国を狙う魔王軍と、それを率いる幹部十二将軍。

今まさに危機的状況の王国は、颯爽と現れた二人の若者によって救われる……！

余にとって予想外だったのは、ホーリー王国には聖騎士なる存在がいたことである。

それも、余の手が加わっていない、天然ものの本物の聖騎士だ。

王国の第二王女ユリスティナ。

輝く金色の髪を長く伸ばし、その美貌は世界広し、魔界広しといえど、並ぶ者はおるまい。

彼女の姉を除いて。

窮地を救われたユリスティナは、世界を救わんとする勇者の志に共感した。

こうして、勇者の仲間が増える。

ユリスティナ、ちょっとガイのことが気になっておるようだな。

だが、この勇者、好みのタイプがおしとやかな女性なのだよな。

余は詳しく知っているぞ。

ということで、ガイはユリスティナの姉、ローラとちょっといい雰囲気になったりした。

既にユリスティナ、報われない空気が漂っておるぞ。

余の胸が痛む。だがそれがいい。

悲恋はまた、極上のエンタメであるからな……。

いいぞいいぞ。

勇者パーティ、思った以上に楽しい。

なんか、思ってたよりもガイも強くなってきているし、本当に才能があるっぽいしな。


かくして、勇者たちの快進撃が始まった。

十二将軍を次々に撃破する。

次いで現れた、十傑も同じである。

八騎陣との戦いに突入した時、偽勇者のパーティが出現した。

うわあ、余が仕込んでないのに凄く面白そうなイベントが起きた！

これは観戦に徹せねば。

本当に、世の中は面白いことに満ちておるな。

勇者を生み出して良かった！

退屈する暇がない。


「我が偉大なる魔王よ。最近はとても楽しそうで、私も嬉しくなりますよ」

側近である魔将ベリアルの言葉に、余は頷いた。

「うむ。人生とはやはり、張り合いが無いといかんものだな。魔界の運営も大事だ。だが、それを行う余が健全に生活できなくてどうする。挙げ句、暇つぶしで人間世界へと侵攻してみたら、大変なことになった。魔族も暇を持て余すとやらかしてしまうものなのだなあ……。その点、この勇者育成という遊びはいい！　人間たちにも希望が満ち、魔族にも宿敵が生まれて活動に緩急ができる。

余もニコニコになる。いいこと尽くしではないか」

「全くその通りですな、我が偉大なる魔王よ」

「うむうむ……。おっと！　いかんいかん、今日の勇者たちを確認せねばな。最近あやつら、パーティの中で恋愛関係ができてきていてな。やはり、年頃の男女が五人も揃うと色々そういうのが出てくるのだなあ。いや、本当に目が離せぬ。ドキドキする」

ベリアルもニコニコ笑った。

余もニコニコである。

余の心の健康を守ってくれる、勇者一行。

守りたい、この勇者。

あとがき

はじめまして。そしてお久しぶりです。

あけちともあきと申します。

この作品、『最強魔王のドラゴン赤ちゃん育児戦記』は、「小説家になろう」上にて連載されていた作品です。

それが、第一回アース・スターノベル大賞において、ありがたくも入選の栄誉を賜り、こうして本として皆様の目の前にお届けすることができるようになりました。

ありがたやありがたや……。

物語のテーマは、典型的なラスボス風の魔王様が、子育てに悪戦苦闘する、というもの。

子育てって大変なものです。

それは、なんでもできる魔王、ザッハトールだって例外ではありません。

ザッハトールは魔王だけれど、あらゆる人にリスペクトを惜しみません。

頑張った人を称え、失敗を許し、そして赤ちゃんの一挙一動に驚愕します。

赤ちゃんをあやす技術を持ったお母さんたちを、素直に尊敬し、その技を学び取ろうとします。

悪戦苦闘のザッハトールに対して、ドラゴン赤ちゃんたるショコラちゃんは天真爛漫です。

実は、彼女は僕の姪をモデルにしています。

二年くらい前に生まれた彼女は、赤ちゃんというものの凄さを僕に理解させてくれました。

赤ちゃん凄い。

これは書かねば。

そう思い、この作品が誕生しました。

そういう意味では、姪である彼女がこの作品の生みの親とも言えるかも知れません。

この作品が、お読みになられた皆さんの心に少しでも残り、楽しい時間を提供できたのならば、これに優る喜びはありません。


ここからは、お世話になった方々へのお礼を。

編集のFさん。前作に引き続き、担当をありがとうございます。Fさんからの書籍化のお知らせを頂いた時、縁というものを感じました。

両親にもお礼を。こうして、僕は無事に三作目を世に送り出すことができました。新作を持って帰るたび、隅から隅まで熟読し、鋭い感想と指摘を行ってくる母の読書力には毎回驚かされております。

「小説家になろう」上で、拙作へのレビューをくださったKさん。あなたのレビューのおかげで、この作品は読者の方々に確かに届いているのだと分かりました。

イラストを担当して下さった、三弥《みや》カズトモさん。僕の頭の中にしかいなかったキャラクターたちに姿がつき、自由に動き出す。素晴らしく、得難い経験でした。素敵なキャラクターデザインをありがとうございます。

あけちともあき

祝 発売！
一巻の発売おめでとうございます!!
本作のイラストを担当できてとても嬉しく思っています。
ザックさんと個性的な仲間達がとっても楽しいです。
まだ読んでいない方はぜひ読んでみて下さい!!
三弥カズトモ

EARTH STAR NOVEL

最強魔王のドラゴン赤ちゃん育児戦記

発行 ―― 2020年1月16日 初版第1刷発行

著者 ―― あけちともあき

イラストレーター ―― 三弥カズトモ

装丁デザイン ―― 舘山一大

発行者 ―― 幕内和博

編集 ―― 古里 学

発行所 ―― 株式会社 アース・スター エンターテイメント
〒141-0021 東京都品川区上大崎3-1-1
目黒セントラルスクエア 5F
TEL：03-5561-7630
FAX：03-5561-7632
https://www.es-novel.jp/

印刷・製本 ―― 中央精版印刷株式会社

ISBN 978-4-8030-1379-5